Uwe K.

Der Mann im Flanellhemd

Ein episodischer Roman

Widmung

Ich widme dieses Werk...

...meinen Eltern, die mich bei meinen vielen verrückten Ideen und Lebensentscheidungen unterstützt haben.

...meinem Bruder, der für mich immer nur das Beste will.

Danke!

Euer Glaube an mich,

hat mir immer Stärke gegeben.

www.tredition.de

Impressum

© 2016 Uwe Kümmerle

1. Auflage 2016

Umschlaggestaltung: Nicolai Hepperle
Lektorat: Gabriel Steidl, Sezer Soukrioglu Thomas Uptmoor, Philipp Geier, Annalena Kreis, Sylvie Tillhon

Verlag: tredition GmbH, Hamburg

978-3-7345-7945-5   (Paperback)
978-3-7345-7946-2   (Hardcover)
978-3-7345-7947-9   (e-Book)

Printed in Germany

Bibliografische Information der Deutschen Nationalbibliothek:

Die Deutsche Nationalbibliothek verzeichnet diese Publikation in der Deutschen Nationalbibliografie; detaillierte bibliografische Daten sind im Internet über http://dnb.d-nb.de abrufbar.

Danksagung

Ich möchte allen Menschen danken, die mich bei diesem Buch unterstützt haben.

Meinen Freunden, die mich als freiwillige Lektoren begleitet haben.
Danke an Gabriel, Sezer, Thombass, Hackel, Anni und Sylvie, dass ihr mir mit eurem Feedback, kritischen Fragen und Korrekturen unter die Arme gegriffen habt. Ohne euch wäre das Buch nicht was es heute ist.

Meinen Freunden, die mich immer wieder ermutigt haben weiter zu machen und mich mit den teilweise nervenden Fragen nach dem Roman angestachelt haben am Ball zu bleiben. Ohne euch, hätte ich immer nur noch ein paar Kapitel und Textfetzen
Danke für das kitzeln meiner Muse.

Meinen technisch begabten und kreativen Freunden.
Danke an David für die Fotos und die Bereitstellung deines Equipments.
Danke Nico, mit deinem künstlerischen Verstand hast du meine wirren Gedanken über das Design zu etwas Besonderem gemacht.
Ohne euch, wäre das Buch nur ein graues Stück Papier.

Zudem möchte ich allen Menschen Danken, die mich mein ganzes Leben begleitet haben und mich zu dem gemacht habe, der ich jetzt bin.

„Die Reise ist eine lange, aber schöne."

Wegen euch...

Kapitelübersicht

Variante 2:

Variante 1:

Vorwort

Liebe*r Leser*in,

danke, dass du mein Buch in deinen Händen hältst.
Es ist der erste Schritt etwas völlig anderes, als bei anderen Büchern zu erleben.

Das soll nicht heißen andere Bücher seien nicht so gut wie meines.
Es liegt daran, dass „Der Mann im Flanellhemd" kein „normaler" Roman ist.

Mein künstlerisches Projekt, dass dir „fremd" vorkommen kann. Aber von tiefstem Herzen hoffe ich, dass du mir und meinem Werk eine Chance gibst, auch wenn es am Anfang schwer werden kann.

„Toleranz und Freundschaft ist oft alles, und bei weitem das Wichtigste, was wir einander geben können." - Novalis

Kurz zum Inhalt.

Es geht um einen Mann, der sein Leben neu ordnen will/muss/kann und durch den amerikanischen Kontinent reist.

Wichtig:

Die zwei Hauptcharaktere haben keine Namen bekommen, da für viele Menschen Namen irgendeinen Beigeschmack haben.

Man erfährt auch nicht viel über ihr Äußerliches. Nur ein paar Details, die für die Textpassagen wichtig sind.

Einzig die Handlungen, die Gedanken und die Geschichte der zwei Suchenden steht im Vordergrund.

Allein dadurch sollen sich deine Gefühle zu ihnen entwickeln und deine eigene Beurteilungsweise reflektiert werden.

Du kannst ihnen aber auch gerne einen Namen geben.

Mein Vorschlag: Urs und Edeltraud.

Das Buch hat 37 Kapitel, die episodisch sind.

Also tauchen wir immer wieder in Gedanken, Rückblenden, Situationen, Erzählungen usw. der großen Handlung ein.

Was dazwischen passiert kann man in nachfolgenden Kapiteln erfahren oder auch nicht. Entweder hab ich es dann vergessen, fand es nicht interessant oder möchte es in einem späteren Werk verschriftlichen.

Die Kapitel sind nicht allzu lang. (max. 5 Seiten)
Aber warum?

1.   da ich finde Menschen haben oder können sich nicht mehr genügend Zeit nehmen für schöne Dinge, wie lesen haben
2.   und ich nur für mich und die Geschichte wichtige Dinge im Text haben möchte
3.   alles rund um die reine Handlung in deiner Fantasie überlassen möchte
„Fantasie haben heißt nicht, sich etwas auszudenken, es heißt, sich aus den Dingen etwas zu machen." - Thomas Mann
Fast jedes Kapitel lässt sich als eigene, kurze Geschichte lesen, die meist eine kleine versteckte Botschaft enthalten. Du kannst entweder nur einzelne Passagen, die dich interessieren lesen.

Oder!
Die Einzelwerke als großes Ganzes lesen. Dadurch erhält man viele versteckte Informationen und wichtige Details über die einzelnen Personen.
Das kann die ein oder andere Kurzgeschichte noch einmal in ein völlig anderes Licht rücken.

Es gibt zwei Lesemöglichkeiten:

1. man liest die Kapitel von 1- 37 nach der Reihenfolge. Damit ließt man die Reise als chronologische Geschichte. Fast so wie ein allwissendes Tagebuch. Vieles ist somit einfacher zu verstehen.

2. man liest die Kapitel nach meiner Anordnung. Wie du vielleicht schon gesehen hast fängt das Buch mit Kapitel 3 an und danach kommt Kapitel 8. Natürlich mathematisch falsch. Aber diese Anordnung bringt einen gewissen Aha – Effekt in den Roman, da man manche Informationen erst viel später erfährt. Damit kann/muss/soll die ganze Geschichte noch einmal aus einem anderen Blickwinkel betrachtet werden.

Meine Empfehlung:
Erst Variante 2 lesen und dann später Variante 1, um die gröbsten Ungereimtheiten zu lösen

Während des Lesens wird dir wahrscheinlich auffallen, dass manchmal eingeführte Personen im nächsten Kapitel nicht mehr mit Eigennamen erwähnt werden.
Dies ist Variante 2 geschuldet, da dies wiederum dem Aha-Effekt dient.

Ebenfalls wirst du merken, dass so gut wie jedes Kapitel ein eigenes Flair hat.

Ich wollte von Anfang an verschiedene Erzählperspektiven, Stile, Erzählgeschwindigkeit und Formen in meinen ersten Roman einbauen, da er mein ganzes Repertoire fordern sollte und diese Art des Schreibens die Idee hinter dem Roman unterstützt.

So eigentlich ist jetzt alles gesagt.

Ich hoffe du kannst meinem Werk etwas abgewinnen und liest es gerne.

Ich wünsche dir eine angenehme Reise mit „Dem Mann im Flanellhemd"

Uwe K.

3. Der Alkohol

Die Tür der Bar öffnete sich.

Hinein kam ein adretter Mann. Im Anzug, mit frisch rasiertem Gesicht.

Es ist kein schönes, aber das Gesamtbild stimmt. Selten verirrte sich dieses Art von Mann in eine schäbige Spelunke wie diese. Die Untergrundkneipe unterhalb einer U-Bahnstation in Manhattan besitzt nicht viel, außer einen Tresen, ein paar extra Tische und schlechte Beleuchtung. Nur jeder zweite Lampenschirm war mit einer Birne versehen. Ein Fenster gibt es nicht, da der Besitzer an frischer Luft spart. Dadurch würde ja auch der edle Duft der Zigaretten zunichte gemacht werden. Zudem waren da noch alten verbrauchten Sitzwärmer auf den Stühlen, die die spärliche Beleuchtung mit ihrem Sozialgeld finanzieren. Unter dem Untergrund auf gleicher Höhe mit den Ratten der Kanalisation. Dort gehörte all dies hin, was sich in der Bar befand. Gleich und gleich gesellt sich eben gern. Aber was wollte dieser Gegensatz hier?

Eins war klar. Seine traurige Mentalität passte genau zu dem der verlorenen Seelen im Saal. Er setzte sich auf einen freien Stuhl in einer Ecke der Bar. Der Wirt rief ihm zu, was er bestellen wolle? Der Mann orderte Schnaps und Bier. Er brauchte Alkohol, um zu vergessen. Sein

Leben ging innerhalb weniger Stunden zu Grunde.

„Seine Frau, seine Kinder, sein Job, sein Haus."

Ebenfalls war der Alkoholvorrat im Haus aufgebraucht. Die letzten Tage waren hart, daher benötigte er mehr Amnesiewasser. Doch es half nichts. Nach mehreren Stunden war der Kopf aus, aber am nächsten Tag war zu den Kopfschmerzen die harte Realität da. Aber die Tränen musste er mit Alkohol trocknen, nur um neue Tränen weinen zu können.

Der Wirt unterbrach seine Gedanken und den Tränenfluss. Der Mann holte seine Bestellung am Tresen und bezahlte mit einem Schein, den der Wirt nie von seinem Stammpublikum bekam. Als der Mann saß, kippte er seinen Schnaps hinunter und leerte mit einem Zug sein Bier. Er orderte weiter und weiter. Nach den ersten fünf Runden wurde sein Tempo langsamer. Sein Bauch war voll, aber sein Herz leer. Die Lücke in ihm konnte der Alkohol nicht schließen.

Immer wieder waren da diese Gedanken.

„Seine Frau, seine Kinder, sein Job, sein Haus."

Und immer wieder orderte eine neue Runde. Die trostlosen Seelen, um ihn herum bemerkten den gut gekleideten Mann. Der ein oder andere kam hinüber in sein Eck, in der Hoffnung ein neues Getränk zu ergattern. Den meisten gelang es, im Gegentausch für eine Zigarette oder einen kleinen Plausch. Die Thematik der Gespräche reichte von den scheiß Frauen bis zu den dummen Chefs, die das kleine Volk klein hielten. Doch keiner wusste, dass der Mann eigentlich einer von den Oberen war. Doch wer war er jetzt? Er selbst konnte sich das nicht beantworten. Er verließ die Bar und machte sich auf den Weg nach Hause.

Vor der protzigen Tür seiner kleinen Villa, kramte er nach seinem Hausschlüssel. In seiner Trunkenheit, die sich durch die Bahnfahrt an den Rand der Stadt schon gebessert hatte, war sein Vorhaben gar kein so Leichtes. Er hatte ja nicht nur einen Schlüssel, sondern den der Ferienwohnung, des Mercedes, des Porsches, den der Bank, sowie für etliche Tresore und Schließfächer. Nur einen hatte er nicht mehr. Den seines Elternhauses. Nach geraumer Zeit hatte er endlich den richtigen Schlüssel richtig im Schloss eingeführt. Als er gerade das Schloss öffnen wollte, schoss ihm wieder der Gedanke durch den Kopf.

„Seine Frau, seine Kinder, sein Job, sein Haus."
All die Dinge, die er einst geliebt hatte, gab es nicht mehr. Er ließ den Schlüssel stecken, drehte sich um und ging erneut los. An einem Supermarkt in der Nähe kaufte er sich noch eine Flasche Spaß. Eigentlich trank er nie viel. Nur auf Banketts ab und zu ein bis zwei Getränke. Er wollte seinen Körper nicht berauschen. Er wollte immer in der Realität bleiben. Doch seitdem ist alles anders. Das letzte mal richtig nüchtern war er vor einer

Woche.

Er hatte seine Entscheidung getroffen. Er hatte alles was er brauchte in seinem Portemonnaie. Die Kreditkarte, den Ausweis und noch genügend Bargeld für ein Hotel für die Nacht. „Morgen, beginne ich ein neues Leben, morgen fang ich an.", wiederholte er immer wieder in seinem Kopf.

Der Mann war auf dem Weg zu einem guten Hotel am Central Park. Dort wollte er noch ein wenig Spazieren gehen. Er lief und lief. Und dachte und dachte. Die üblichen Gedanken.

„Seine Frau, seine Kinder, sein Job, sein Haus."
Langsam wurde es hell und der Schnaps alle. Er setzte sich auf eine Parkbank, um den Sonnenaufgang zu beobachten. Er hatte längst vergessen, wie die Natur und der Sonnenaufgang aussahen. Früher lief er immer während des Sonnenaufgangs nach Hause. Es war schön. Die innere Ruhe in ihm machte den Moment perfekt.

Plötzlich setzte sich ein älterer Mann neben ihn. Seine Klamotten waren abgetragen und die letzte Dusche war ebenfalls schon verdammt lang her. Dennoch strahlte er eine gewisse Würde aus, die er sich auch nicht nehmen lassen wollte. Der Obdachlose hätte sich überall hinsetzen können. Alle Bänke waren frei. Doch er setzte sich ausgerechnet in seinen ruhigen Moment. „Es tut einfach gut, nicht alleine zu sein.", schmunzelte der Obdachlose zum Mann hinüber. Dieser schaute verstört und bemerkte die Wärme, die dieser stinkende alte Mann ausstrahlte. Der Mann grinste nur. Er streckte ihm eine Flasche hinüber. Der Mann nahm sie und nahm einen ordentlichen Schluck davon. *„Nur noch heute. Morgen fang ich an."*

8. Kimi

Nun sitze ich mit einer fremden Frau, in ihrem für mich fremden Pick-Up in einem fremden Land auf dem Weg in ein fremden Beruf ohne zu wissen was auf mich zu kommen mag.

„Ich bin übrigens Kimi."

Mit dieser Vorstellung reißt die hübsche junge Frau, fast noch ein Mädchen, mich aus meinen Gedanken. Ich stelle mich ihr vor und der Smalltalk beginnt. Sie stellt mir viele Fragen über Alter, Herkunft und all die Themen, die einem beim Kennenlernen interessieren. Bei den Dingen, die ich ihr nicht erzählen möchte, weiche ich ihr geschickt mit Lügen aus. Ich halte mich weitestgehend zurück und stelle ihr nur einige wenige Gegenfragen, um die Pausen zwischen ihren Fragen zu überbrücken. Während des Gesprächs fällt mir immer mehr auf, dass Kimi ziemlich attraktiv ist. Ihre schwarzen Haare hat sie auf der einen Seite abrasiert und in den Ohren trägt sie ziemlich viele Ohrringe. Überraschenderweise gefällt mir dieser Stil. So weit ich bisher erkennen kann, ist sie ziemlich offen. Doch ihre Frisur und ihr Aussehen geben ihr auch etwas Geheimnisvolles.

Mit einem Schlag haut sie ihren Fuß auf die Bremse. Wären diese Pick-Ups nicht so massiv gebaut, wäre das Pedal bestimmt zerbrochen. Das Auto kommt mit quietschenden Reifen ruckartig zum Stehen. Die Wucht wirft mich nach vorne, doch mein Sicherheitsgurt fängt meinen Aufprall auf. Mein Puls ist auf 180. Mir stockt der Atem. Langsam schaue ich zu Kimi rüber, um zu erfahren was der Grund für das abrupte Stehenbleiben ist.

„So nicht!", schreit sie in die Ferne.

Ich entgegne ihr erst einmal nicht. Versuche wieder Ruhe herzustellen.

Mein Blick wandert an ihr vorbei. Ich sehe nur meilenweit freie Schneeflächen. Ein Meer aus weißem Schaum steht mir bis zum Kopf.

„Du lügst! Lügen kann ich nicht leiden.", schaut sie mit finsterer Miene zu mir hinüber.

„Ich lüge nicht, wie kommst du darauf?"

„Schon wieder eine Lüge. Du musst ehrlich sein. Zu mir, zu meinem Opa und zu einfach jedem."

Ihr böser Blick wandelte sich. Nun hatte er etwas Forderndes. Fast so, wie wenn man einem kleinen Kind etwas versprechen muss, damit es aufhört zu weinen.

Ehrlich sein? Zu jedem? Irgendwie naiv, aber eigentlich hatte sie ja Recht.

Also versuche ich mich zu entschuldigen und ihr den Wunsch zu erfüllen:„Okay. Ich..."

Sie unterbricht mich: „Weißt du, ich merke es, wenn Menschen lügen. Das hat mir mein Opa beigebracht."

Ich warte ab, ob noch mehr von ihr kommt. Damit sie

mich nicht ein weiteres Mal unterbrechen kann. Meine Befürchtung hat sich bestätigt.

„Mein Opa hasst Lügen noch mehr als ich. Damals vor unserer Zeit, wurde unser Volk dauernd belogen. Daher hat der Stamm sich die Eigenschaft angeeignet Lügen zu erkennen. Ist so eine Art Menschenkenntnis."

Ich bin ein wenig geschockt. Stamm? Volk? Lügenerkennung?

„Weißt du, man erkennt Lügen immer dann, wenn Menschen eigentlich die Wahrheit erzählen möchten, aber es aufgrund ihrer Situation nicht können."

Unfassbar.

Dieses junge Ding bringt einen gestandenen Mann zum Nachdenken.

„Also fangen wir von Neuem an. Ich bin übrigens Kimi."

Sie lacht und wir fahren weiter.

1. Mann

Er war kein besonders schöner Mensch. Das wusste er schon immer. Sein Gesicht sah unfreiwillig zusammengeworfen aus. Nichts passte zueinander, außer das Nichtpassen an sich.

Deshalb wurde ihm schon früh bewusst gemacht, dass er die Zuneigung anderer Menschen nur durch seine Errungenschaften und seine Statussymbole gewinnen könne. Daher entschied er sich nach der Highschool für ein Jura – Studium an einer der besten Universitäten seines Landes. Da seine Familie nicht wohlhabend war, arbeitet er neben der Schule viel.

Nach und nach wurde ihm klar, dass mit der Arbeit allein nie Reichtum folgen wird. Die Kosten des Studiums, sowie die des Kredites waren einfach zu hoch.

Er gab sich schon auf, als er eines Tages eine Szene zwischen mehreren Anwälte beobachtete, während seines Nachtjob als Portier eines noblen Hotels in der Stadt.

Die Anwälte verschiedener Kanzleien, die für einen großen Kongress alle im Hotel eingecheckt hatten, kamen eines Nachts betrunken zurück aus einem der Stripclubs der Stadt. Er interessierte sich nie besonders für Frauen. Wahrscheinlich, da er genau wusste, dass sie auch nicht an ihm interessiert waren. Er verstand nicht, warum all die hübscheren Männer im Rausch nackte Haut sehen mussten und dafür auch noch bezahlten. Was hatte die Frau ein Glück. Einigermaßen hübsch und ansehnlich konnte sie sich der ganzen Welt berauschen. Jeder Mann wollte doch nur das Eine.

Und die Frauen konnten jedem Mann für den entsprechenden Preis das Eine geben. Männer wurden von ihnen mit einem Wimpernschlag um den Finger gewickelt und konnten somit das Leben von jedem Mann beeinflussen und verschlechtern. Er hatte zur Frau eine ziemlich negative Einstellung. Er sagte sich immer, sie haben es so leicht. Wahrscheinlich ein umgedrehter Penisneid.

Dort standen sie nun. Fünf alkoholisierte Anwälte in der Lobby. Einer schlief auf der schwarzen Ledercouch im weißen Marmorgebäude ein. Ein anderer stürmte auf die Toilette, da er sich übergeben musste. Die übrigen drei lachten über das Spektakel und waren in ihrer trinkfesten Männlichkeit noch arroganter. Einer der Anwälte bemerkte, dass er die Geschehnisse aufmerksam beobachtete und ging rüber zu ihm. Als der Anwalt im eleganten blauen Anzug langsam auf ihn zu wankte, hatte er Angst, dass die Situation eskalieren könnte. Alkohol macht die Birne hohl, sagte sein Vater immer, daher trank er nie. Er wollte immer die Realität vor Augen haben und die Kontrolle über seinen Körper wahren.

Als der schnieke Anwalt nun vor ihm stand, war seine Kehle trocken. Er hatte Angst vor dem Betrunkenen. Aber noch mehr davor, dass er durch eine Beschwerde des berauschten Bänkers seinen Job verlor. Sein Chef konnte ihn sowieso nicht leiden, da sein Aussehen nicht angemessen waren. Aber da kein anderer billiger Nachts arbeiten wollte, tolerierte der Hotelbesitzer den hässlichen Portier.

„Hey Junge, weißt du was?" ‚lallte der Anwalt mit erstaunlicher Bierfahne über den Schalter.

„Nein, Sir, kann ich Ihnen weiter helfen?"

„Siehst du den schlafenden Typen da drüben? Der wird nächste Woche eine große Filiale in Maine übernehmen. Und ich armer Tropf muss dann für ihn arbeiten." Als der Anwalt die Nachricht aussprach nahm er einen großen Schluck aus seiner Bierflasche, da er traurig war. Seine inneren Tränen konnte er nur mit Alkohol trocknen.

„Das tut mir Leid, Mister. Aber Sie sind doch Freunde oder? Sie sind ja schließlich zusammen in einem Zimmer und gehen gemeinsam aus. Dann ist das doch nicht so schlimm. Unter seinem Freund zu arbeiten stell ich mir gar nicht schlecht vor.", entgegnete der junge Portier mit teils gespieltem Mitleid und teil interessierter Neugier.

„Pah!", ertönte ein großer Schrei, der die ganze Lobby leise stimmte. Die lachenden Anwälte verstummten und der schlafende Neuchef sprang auf und war wieder wach. Sie schauten alle zu uns hinüber. Der alkoholisierte Anwalt im blauen Anzug schrie zu ihnen „Johnny, Jungs, ich erzähle dem Burschen nur wie sehr ich mich freue, dass du ab nächste Woche mein Vorgesetzter bist!", Johnny grinste zurück zu ihnen und begann wieder zu schlummern. Die anderen beiden schauten etwas konfus drein. Aufgrund des Alkohols und der offensichtlich gelogenen Aussage. Sie standen auf und gingen auf ihr Zimmer.

Der junge Mann war sichtlich irritiert.

„Wieso stieß der Anwalt diesen hämischen Schrei auf meine Fragen aus?

Warum log er seinen Freund an?

Was wollte er von mir?"

Diese Fragen kreisten in seinem Kopf umher.

Der Anwalt drehte sich wieder zu ihm um, beugte sich nach vorn und begann zu flüstern „Weißt du, ich kann diesen Sack nicht leiden. Ich spiele ihm all dies vor. Im Arbeitsleben zählen nur Beziehungen. Man schleimt sich bei allen ein und sammelt Informationen, um sie dann bei Notwendigkeit gegen einen zu benutzen. Das mach nicht nur ich, sondern die ganze Welt. Der intriganteste und skrupelloseste gewinnt am Ende." Er richtete sich wieder auf, begann zu lachen und zog eine Karte aus seinem Portemonnaie. Seine ganze Betrunkenheit war während seinem kurzen Monolog verschwunden

„D-d- danke, schönen Abend Ihnen noch.", stotterte der junge Mann. Seine naive Weltanschauung wurde an diesem einen Abend von einer erwachsenen harten zerstört.

Der Anwalt ging zurück zur Couch, schnappte sich seinen neuen Vorgesetzten und trug ihn nach oben. Vor dem Eingang zum Aufzug drehte er sich noch einmal um.

„In drei Jahren, kannst du mich anrufen. Dann hab ich meine eigene Kanzlei in New York. Du hast Potential, Kleiner. Folge meinem Weg. Der ist der richtige." Die Tür des Aufzugs ging auf, er drehte sich mitsamt seinem Anhängsel um und ging hinein.

Der junge Portier war beeindruckt von diesem charismatischen Mann. Er beschloss seinen Weg zu beenden und auf dem Weg des Anwalts zu gehen.

Er betrog, korrumpierte, belog und stach andere aus. Zudem baute er viele Beziehungen auf, während seines Studiums.

Drei Jahre später, arbeitete er unter seiner Nachtbekanntschaft in New York.

Seine Erfolge waren ein schönes Haus am Rande der Stadt, das er abzahlen musste. Ein Frau, die noch teurer war als das Haus und ihn nicht sonderlich aufgrund seiner selbst liebte und zwei verzogene Kinder.

Er hatte es geschafft. Vom unansehnlichen Portier zum gut gekleideten Anwalt einer erfolgreichen Kanzlei. Dazu ein Leben, das den Sinn hatte nur zu arbeiten, um Geld zu verdienen.

Er hatte die richtige Abzweigung auf seinem Weg genommen. Was wollte er mehr ?

2. Zusammenbruch

„Wie jeden Tag arbeite ich vor mich hin in der großen Kanzlei. Immer im Blick die Uhr. Damit ich nicht zu spät zum täglichen Meeting komme. Mein Chef, der schmalspurige Sack!

Für ihn muss jeder nach seiner Pfeife tanzen.

Er hat Prinzipien. An sich nichts Schlechtes. Nur wenn man arme Menschen noch ärmer machen will, die Politiker schmiert und seine Frau mit der hübschen Sekretärin betrügt, kann ich seinem vorbildhaften Leben nicht ganz glauben. Aber mir soll es egal sein, ich bekomme pünktlich mein Geld, um die Rate für das Haus zu zahlen, meinen Kindern Essen auf den Tisch zu bringen und meiner Frau den Schmuck, den sie verdient,zu kaufen.

Ah, die hübsche Sekretärin. Ich frage mich, was sie für ein Mensch sein muss. Mit einem verheirateten Mann zu schlafen. Jeder in der Kanzlei weiß doch von ihr. Er erzählt doch immer von den Familienurlauben und den neuen Brüsten, Nasen und Zähnen seiner heißen Frau. Wahrscheinlich ist das älteste Teil an ihr immer noch jünger wie die Sekretärin.

Eigentlich ein nettes unschuldiges Mädchen. Frisch von der Universität direkt in diesen Sumpf aus gierigen Geschäftsmännern. Ich denke, dass jeder, der einen Fuß hier zu lange hineinsetzt sich zum Negativen entwickelt. Früher war ich auch mal so naiv.

Ich wollte die Welt verändern. Schade eigentlich. Für uns

beide."

In seinen Gedanken versunken, kreist sein Blich zufällig über die Uhr an die Wand.

„Was schon so spät, ich hab das Meeting fast verpennt."

„Wunderschönen guten Tag, mein Lieber.", entgegnet mir der Chef. Ich sofort eine Ausrede parat „Der Lincoln – Vertrag hat etwas länger gebraucht, entschuldigen sie vielmals."

„Setzen sie sich einfach und hören sie mir zu."

„Gerade noch so gerettet. Jetzt muss ich mich aber heute Mittag wirklich dem Lincoln – Vertrag widmen. Also wieder mal keine Mittagspause für mich, das Treffen mit der Agentur auf heute Abend verschieben und Selma versetzen. Mist, und das alles nur wegen der hübschen Brünetten aus dem Empfangszimmer."

„Wir müssen den Ertrag steigern. Aber wie? Ja, wie frage ich sie. Mit der Übernahme der kleinen Kanzleien. Unser Ziel muss es sein, die billigen Gegner mit noch billigeren Preisen auszustechen. Dafür müssen wir wohl ein Paar Stellen streichen und das Gehalt der unteren Etage wohl vorübergehend senken.", erklärt uns der Chef mit seiner euphorischen Stimme. Sein Blick wanderte die ganze Runde entlang. Er liebt es sich selbst reden zu hören. Dann ergötzt er sich an den ehrfürchtigen Blicken der Runde. Und das muss ich jeden Tag ertragen.

„Chef, wieso müssen wir denn Leute feuern. Wir gehören zu den Top – Kanzleien in New York. Wir sind die Nummer 1 für Familienrecht und Arbeitsrecht. Wir haben seit zwei Jahren keinen Fall mehr verloren. Unsere Konten quellen doch fast schon über.", untergrabe ich ihn mit entschlossenem Unterton.

„Oh Gott, was hab ich da gemacht? Warum? Warum stelle ich mich gegen den Chef? Einen aus meinem Team feuern war doch sonst nie mein Problem. Es gibt doch genug Arbeit auf der Welt."

Sein Gesicht läuft rot an. Die Adern auf seinem Hals pumpen sich langsam auf.

„WAS!, sie stimmen mir nicht zu! Erst kommen sie zu spät und jetzt das? Na, dann wenn sie keinen feuern wollen. Ihr Gehalt reicht auch aus. Machen sie sich vom Acker! Das war ihr letzter Tag hier. Raus! Raus, raus. Raus hier!", hallt es durch die Gänge der Kanzlei.

„Es ist schon relativ leer um diese Uhrzeit in der U-Bahn. Die Arbeitswelt macht halt keine Pause. Die Touristen sind wohl großteils schon an oder in einem Ausflugsziel. Ich hasse Touristen. Überall, wo sie sind, stehen dann Schlangen für

etwas, was nicht mal als Attraktion steht oder sie blockieren die kleinen Imbissbuden zum Mittag. Es kann doch nicht sein, dass ich 20 Minuten für einen Hot Dog anstehen muss.

Oh, dann hat es ja wenigstens ein Gutes den Job los zu sein."

Die undeutliche Stimme der Ansagedame reist mich aus meinem Gedankenspaziergang. Ich muss aussteigen.

„Schatz, ich bin zu Hause.", rufe ich durch das Haus.

„Aber niemand antwortet mir. Oh, das ist ein Zettel auf dem Tisch. Wahrscheinlich ist sie nur mit den Jungs bei Frisör oder so."

„Mein Lieber „Mann". Frank hat mich angerufen und mir die ganze Wahrheit erzählt. Er hat mir gesagt, dass du deinen Job verloren hast. Das tut mir natürlich Leid für dich. Aber es ist schon erstrebenswert, dass du dich für die Kleinen in der Kanzlei eingesetzt hast.

Aber jetzt kommen wir zum Punkt. Frank meinte, dass du in ganz New York keine Stelle als Anwalt mehr bekommen wirst, so lange er etwas zu sagen hat. Also denke ich nicht, dass du mir und den Kindern den Lebensstandard mehr bieten kannst, den wir verdienen. Wir sind für die nächsten Tage zu Frank in sein Stadtloft gezogen. Er kann mir einfach mehr bieten.

Ich hab dich lieb, Schatz

Kuss,
Deine Selma

P.S. Scheidungspapiere sind eingereicht und müssten bald dir überreicht werden. Ich nehme die Kinder, das Haus und du kannst das restliche Geld behalten. Gegen deine ehemalige Anwaltskanzlei wirst du ja nicht antreten wollen oder?"

„Frank?

Frank ist der Vorname meines Chefs. Ehemalige Anwaltskanzlei? Sie hatte eine Affäre mit dem Typen! Dieser Drecksack, diese Schlampe!

Ich brauch jetzt erst einmal einen Schnaps..."

6. Beginn

„Der erste Schritt ist immer der schwerste."
Das sagten schon so viele intelligente Menschen. Und sie hatten alle Recht.

Warum ich reise, fragen mich die Leute. Ja warum eigentlich?

Ich konnte viele Antworten geben.
Einerseits hätte ich sagen können, dass ich es für meinen verstorbenen Freund mache. Er fing an mit einer Reise, um für seinen Sohn ein Mann zu werden. Damit er ihm ein guter Vater sein kann. Viele verstehen diesen Gedanken nicht so ganz, seinen Sohn zu verlassen, um ein guter Vater zu werden. Wenn ich ehrlich bin, ich auch nicht so richtig. Aber ich wusste, dass er damit schon ein besserer Vater war, als ich zu meinem verzogenen Gören.
Andererseits hielt mich nichts mehr in New York. Keine Frau, keine Freunde und keinen Job. Also war ich frei.
Frei fühlte ich mich schon lange nicht mehr. Dieses Gefühl fühlt sich komisch an. Sehr unbeschreiblich. Eben frei.
Zudem wollte ich weniger Alkohol trinken. Ich musste mich selbst auf Entzug setzen. Natürlich schwebte mir da

kein radikales Nichttrinken vor. Ab und an ein Gläschen mehr oder weniger schadet doch niemand. Allerdings nicht in der Masse wie früher.

„So klingt nur ein Alkoholiker...“

Also machte ich die Reise als freies Requiem für einen Freund, um meinen Entzug voranzutreiben?

Oder doch nur um mich zu verändern?

„Der Entschluss zur Veränderung bewirkt schon eine solche“

Wieder ein Zitat. Wieder eine Wahrheit.

Ich hatte mir viele Geschichten als Antwort zurecht gelegt. Also log ich nicht.

Das reicht doch schon, oder?

7. Kanada

Inzwischen bin ich schon eine ganze Weile unterwegs. Wie lange genau weiß ich nicht.

Zeit ist nur eine Einheit für die Ewigkeit.

Meine Reise hat mich schon weit gebracht. Von New York bin ich per Anhalter und zu Fuß bis hinter Chicago gekommen, an die Grenze zu Kanada.

Ich hab wieder Hoffnung in die Menschheit. Sie sind doch netter als erwartet. Früher hätte ich nie einen Wanderer mitgenommen, es hätte mir ja nichts gebracht. Ohne Mehrwert gab es keine Taten.

Die Leute wollen meine Geschichte hören. Natürlich retuschiere ich die traurigen Stellen. Sozusagen mein gesamtes früheres. Ich sage immer, dass ich für einen Freund, der nicht mehr reisen kann, die Erfahrung mache. Also lüge ich auch nicht. Denn lügen wollte ich mir ja abgewöhnen.

Ich bezahle damit die Fahrten und ab und zu ein Essen . Früher war Geld für mich das wichtigste Gut. Natürlich regiert Geld die Welt, aber alles in allem kann man auch ganz gut ohne leben.

Vor der Grenze zu Kanada stehe ich nun. Groß prangert die Aufschrift vor mir.

„Soll ich?"

Diese Frage kam mir gar nicht in den Sinn.

Irgendetwas sagte mir, dass ich dorthin muss. Etwas oder jemand wartet dort. Das wusste ich.

So überschritt ich die Grenze und bezahlte mit meinem letzten Geld ein Ticket nach Winnipeg.

Vollkommen pleite, außer dem Inventar meines Rucksacks stand ich hier in einem fremden Land, einer fremden Stadt mit so vielen fremden Menschen. Es wurde langsam Winter. Das spürte man auch. Also zog ich mir eine rote Strickmütze, die ich von einem anderen Reisenden bekommen hatte an. Er war aus dem Norden gen Süden unterwegs. Er meinte, er benötige in Florida bestimmt keine Winterkleidung, daher könne ich sie haben.

Damals fragte er mich, warum ich durch die USA ziehe. Ich wusste ihm keine richtige Antwort, außer dass ich für meinen Freund unterwegs bin. Er durchschaute mich sofort und meinte, dass das nicht alles sei. Da ich eingeschüchtert war, konnte ich ihm nur mit der gleichen Gegenfrage Kontra bieten.

Seine Antwort schoss so schnell, fast schon auswendig gelernt, aus ihm hinaus. Dennoch hatten seine Worte Tiefe. Er meinte, dass er einfach so die kleine Welt, die vor seinem Füßen lag sehen wollte. Er sei fertig mit dem Studium und bevor er in den eng getakteten Arbeitsalltag eingesogen wird, wollte er noch einmal etwas erleben.

Aber eigentlich war es nur eine kleine Flucht vor der Zukunft. Dieser junge Mann war so reflektiert. Ich war beeindruckt.

Seit diesem Moment ist der Sinn meiner Reise gegeben. Gestartet bin ich für ihn. Aber nun suche ich das „Warum?"

Als ich mich so nach und nach gedankenversunken in die warme Klamotte warf, wurde ich von einem Hupen aus meinem Tagtraum gerissen.

Ich schaute mich verdutzt um, auf der Suche nach dem Ursprung der schrillen Töne.

Dann sah ich ein reizendes junges Mädchen am Steuer eines alten grauen Pick-Ups. Sie hatte schwarzes Haar, dass zu zwei geflochtenen Zöpfen links und rechts ihrer rosigen Wangen runter hingen. Ihre braunen Augen ergänzten im Zusammenspiel mit ihrer karamellfarbenen Haut das schön anzusehende Bild.

Doch sie war wohl einiges zu jung für einen alten Sack wie mich.

„Hey! Holzfäller! Suchst 'nen Job für den Winter?", ertönte es mit kesser Stimme aus dem Pick-Up.

Ich schaute mich fragend um, schaute an mir hinunter und bemerkte, dass man mich mit Mütze, Flanellhemd, den Stiefeln und dem dichten Bart, den ich inzwischen hatte, wohl für einen solchen halten konnte.

Ich zeigte mit dem Finger fragend auf mich.
Sie nickte und machte die Beifahrertür auf.

Holzfäller? Ich? Wieso nicht...

9. Ermineskin

Ein schrilles Hupen ertönt auf dem Gelände. Aus der größten Holzhütte kommt ein alter Mann, um nachzuschauen wer angekommen ist.

Auf dem Hof steht ein alter Pick-Up. In diesem sitzen Kimi und der Mann. Sie erklärt ihm ernst: „Also, du bleibst im Auto sitzen. Ich rede schnell mit Opa und dann zeige ich dir alles."

Der Mann nickt nur zustimmend. Durch die Autofahrt weiß er einiges über den Opa. Deshalb will er es sich nicht mit ihm verscherzen.

Kimi steigt aus und umarmt ihren Opa.

„Was will der weiße Mann hier? Ich will ihn nicht auf meinem Gelände!", ertönt es mit bestimmender Stimme aus dem Mund von Kimis Opa.

„Aber Opa, ich hab ihn mitgebracht, um zu arbeiten. Wir brauchen jeden Mann."

„Mein Kind, wir sind genug. Aranck, Hassun, Ahanu und ich sind doch da. Wie jedes Jahr reicht das!"

Mit diesem Statement versucht der alte Mann die nie stattgefundene Diskussion mit seiner Enkelin zu beenden. Doch diese ist noch nicht davon überzeugt und redet weiter.

„Du bist zu krank und zu schwach. Der Arzt hat doch gesagt, dass du nicht mehr so viel arbeiten sollst." Mit traurigem Blick versucht Kimi ihr Argument zu unterstreichen.

„Ach, Quatsch! Der Quacksalber hat doch keine Ahnung. Was würden den unsere Ahnen von mir halten, wenn ich wegen einer kleinen Krankheit meine Arbeit niederlege. Ich könnte nicht mehr in den Spiegel schauen."

Er dreht sich um und winkt ab.

„Aber, Opa..."

„Nichts, aber, Opa! Jetzt schmeiß den Kerl von meinem Grundstück."

„Entschuldigen Sie, Sir.", stört eine raue Stimme den alten Mann.

Es ist der Mann im Flanellhemd.

Er ist während des Gespräches zwischen Opa und Enkelin aus dem Wagen gestiegen, um nun für sich zu sprechen.

„Wissen Sie, ich will nichts böses. Ihre Enkelin hat mich in der Stadt aufgegabelt. Sie hat einem verwirrten Mann ohne Boden unter den Füßen den ersten Stein gelegt. Bauen Sie nicht gleich eine Mauer darauf." , fährt der Bärtige fort.

Der alte Indio ist sichtlich beeindruckt von der Wortwahl seines Gegenübers. Er grübelt kurz über das Gesagte nach. Er wendet sich Kimi zu und sagt: „Kimi, ich möchte nicht mit dem weißen Mann reden. Ich möchte ihn nicht hier haben. Er ist böse."

Kimi, überfordert mit der Situation, versucht zu vermitteln. Doch der sture Flanellträger unterbricht sie direkt: „Ich kann ihn hören. Aber gehen werde ich nicht. Irgendetwas sagt mir, dass ich jetzt hier sein muss."

„Jungchen, du kannst mir nicht sagen, was ich auf meinem Gelände, das mir von meinen Vorfahren vermacht wurde zu Tun und zu Lassen habe.", dreht sich der Alte mürrisch zur Tür der Holzhütte um. „Kimi, du hast fünf Minuten ihn zum Gehen zu überreden. Ich hole meine Flinte.", beendet er die Diskussion, öffnet die Tür und schließt sie hinter sich.

Kimi bricht in Tränen aus. „Geh bitte! Mein Opa meint das ernst. Er ist von der alten Schule und kämpft um sein Land und seine Werte."

Der Mann steht stramm, mit einem Lächeln im Gesicht, da.

Inzwischen ist Kimi zu Boden gesunken und ihre Tränen laufen wie ein Bach die dunkelbraunen Wangen hinunter. Sie schreit: „Willst du denn nicht leben?"

Er entspannt, fast schon genüsslich dastehend, fängt an lauthals zu lachen.

Als er keine Luft mehr bekommt, hört er auf damit. Seine Gesichtsausdruck ändert sich just in diesem Moment.

„Ich hatte alles. Dann wurde mir alles genommen. Danach fand ich einen Freund und er hat mir seinen Traum vermacht. Lange dachte ich, dass sein Traum meine Heilung bedeutet. Aber jetzt bin ich in diesem kalten Niemandsland und sterbe für einen Beruf, den du mir eingebrockt hast. All das ohne das ich es wollte. Es ist doch egal, ob ich mich jetzt hier erschießen lasse oder mich die Sinnlosigkeit der Reise umbringt."

Kimis Tränen versiegen. Der alte Mann, der alles am Fenster mitbekommen hat tritt auf die Veranda des Hauses. In seiner Hand ein altes Gewehr. Er beginnt auf ihn zu zielen und läuft langsam auf das Flanellhemd zu. Schritt für Schritt. Seine Beute steht mit eiserner Miene da und breitet die Arme links und rechts neben sich aus. Er zeigt dem Jäger, fast schon verspottend, dass er keine Angst vor dem Tod hat. Schritt für Schritt kommt das Gewehr näher und näher.

Der Lauf nun vor seinem Gesicht. Eine falsche Bewegung und der Mann, der sich schon aufgegeben hat, bekommt seinen Willen. Beide Parteien stehen regungslos da. Die Spannung steht in der Luft.

Plötzlich ertönt ein Schuss.

Vögel steigen in die Luft.

Der umliegende Wald befindet sich in einem lautlosen Zustand. Ab und an knisterst es.

Kimi, die ihre Augen geschlossen hat, macht nun ihre Augen wieder auf. Sie schaut sich um und sieht ein absurdes Bild.

Ihr Opa hat die Waffe in die Luft abgefeuert und nicht

auf den weißen Mann, dessen ernster Blick nun sehr freundlich wirkt. Die ganze Spannung beider Kontrahenten ist wie ein Luftballon mit einem Knall geplatzt.

„Junge, Mut hast du ja. Ich werde dich den Winter hier arbeiten lassen."

Er zeigt auf eine kleine Holzhütte am anderen Ende des Hofes. „Das ist deine Unterkunft. Kimi, zeig ihm alles."

Kimi springt schnell auf, um dem Mann, mit der gegebenen zweiten Chance, weg von der Gefahr zu bringen. Nicht, dass ihr Opa es sich noch Mal anders überlegt.

„Morgen um 8 Uhr bei mir. Jeder meines Stammes bekommt einen Namen. Deiner wird Ermineskin sein!", schreit er ihnen hinterher.

Kimi, die sich eng an seinen Arm klammert und noch sehr traumatisiert ist, traut sich nicht zu reden.

„Weißt du Kimi?"

Er schaut das zutiefst fertige Mädchen an.

„Ich glaube, ich habe bei deinem Opa einen guten Eindruck hinterlassen."

10. Tage im Winter

Auszüge aus meiner Zeit im Wald...

Tag 1:
Nachdem Konflikt mit dem alten Mann, bin ich jetzt hier. Am Arsch der Welt, irgendwo in Kanada.
Morgen beginnt die Arbeit. Sehr gespannt.

Tag 2:
Der erste Arbeitstag war der Horror. Ich wusste gar nicht, dass im Wald sein so anstrengend ist. Das ist ganz anders als der Job in New York. Die Arbeit gibt mir etwas. Glücklich.

Tag 13:
Nach der Arbeit bin ich immer hundemüde.
Doch Kimi kommt mich jeden Abend in meiner Hütte besuchen. Sie bringt mir etwas Essen. Dann essen wir zusammen und sie fragt mich viel über den Süden aus. Sie weiß nicht viel von der Welt. Froh.

Tag 20:
Fast drei Wochen bin ich schon hier.
Mehr und mehr werde ich zu einem echten Holzfäller. Inzwischen wissen meine Hände wie sie mit der Axt umgehen sollten und wo es sicher ist zu stehen. Die

Arbeit ist nicht einfach. Zu der kräftezehrenden körperlichen Arbeit mit den Maschinen und dem Holz, kommt noch die unbarmherzige Kälte des Winters hier oben und meinen allzu freundlichen Kollegen. Friere.

Tag 25:
So nun kann ich mehr über meine Kollegen sagen. Ich habe sie ein wenig analysiert.
Insgesamt arbeiteten 5 Menschen hier im Wald. Ich, der Neue, ganz unten in der Hackordnung. Eine Etage über mir ist Ahanu. So ziemlich der einzige, der sich während der Arbeit mit mir unterhält. Er ist immer gut gelaunt.
Am Anfang konnte ich es nicht verstehen. Wie konnte Ahanu, der höchstens 24 Jahre alt ist und sein ganzes Leben schon als Holzfäller arbeitet, glücklich damit sein nie mehr zu erreichen?
Ahanu meinte, dass er nichts anderes will.
Er ist zufrieden, gesund und kann davon leben. Alle zwei Monate kann er seiner Mutter etwas Geld, dass er zusammen gespart hat schicken, um sie zu unterstützen. Sie schickte ihn mit 14 hoch in den Norden.
Eigentlich hat dieser Junge keine schöne Geschichte, aber er war glücklich. Glücklich damit, seiner Mama zu helfen und ihr nicht auf der Tasche zu liegen.

Ein Rätsel für mich, dennoch ist Ahanu nicht der einzige seltsame Mitarbeiter von mir. Dann gibt es noch Hassun, Anfang 30 und stumm. Er redet nichts. Sein Blick ist immer kalt wie ein Stein. Keiner weiß warum Hassun hier ist. Eines Tages stand der arbeitswillige Stumme vor dem Gelände.

Dann gibt es noch einen Mann, der mir ähnelt.. Er weiß viel vom Geschäft und Finanzen. Ebenfalls ist er noch nicht lange im Wald. Seine Ambitionen sind klar. Er will in ein paar Jahren die Holzfabrik übernehmen. Zwar ist er einer der ihren, aber denkt wie ein Weißer. Wie ich damals. An das Geld und den Wohlstand.

Und zum Schluss noch der alte Mann, der mich wie Dreck behandelt. Aber das bin ich ja von meiner früheren Arbeit gewohnt.

Doch aus irgendeinem Grund erfreut es mich zu wissen, warum ich für Okimakhan, wie die anderen Arbeiter ihn nennen, nichts Wert bin. Für ihn bin ich ein Eindringling in sein Revier, sein Leben und seine Kultur.

Ebenfalls ist ihm die Interesse seiner Enkelin an mir nicht gerade Balsam für seine Seele. Gespannt auf die nächste Zeit.

Tag 40:

Inzwischen ist alles eingefroren hier oben. Wenn ich vergesse morgens einzuheizen, erfriere ich fast in der

Nacht. Zum Glück hat mir Kimi eine Felldecke geschenkt. Friere immer noch.

Tag 50:
Ein Positives hat die Einsamkeit hier oben. Ich kann über viel nachdenken. Seit mindestens 10 Jahren habe ich nicht mehr so klare Gedanken fassen können.

Tag 90:
Nun bin ich schon drei Monate hier. Die Arbeit macht mir keine Mühe mehr. Es ist schon fast zur Routine geworden. Die Männer haben mich anerkannt. Ich bin zwar noch der Weiße aus dem Süden, doch keiner denkt mehr, dass ich etwas Böses will.
Nur Okimakhan und ich sind noch keine Freunde.
Der Winter bleibt mindestens noch zwei Monate.
Was danach kommt, weiß ich nicht. Bleibe ich? Gehe ich weiter?
Hin- und hergerissen.

Tag 94:
Heute ist Weihnachten. Der alte Mann hat uns frei gegeben. Kimi hat mich zum Spaziergang eingeladen, damit ich an so einem schönen Tag nicht ganz alleine sein muss.
Ihr dunkler Teint stach in der weißen Schneelandschaft noch mehr hinaus.

Ich glaube, dass ich mich ein wenig in sie verliebt habe. Oder ist es nur das Verlangen nach Zuneigung? Einsam.

Tag 102:
Silvester war sehr aufregend. Kimi hat mich zu einer Feier eingeladen. Komisch war es. Vergangene Bräuche knallen auf die heutige Welt. Trommeln, Alkohol, Feuerwerk.
Ich habe Kimi geküsst. Danach bin ich schlafen gegangen. Verliebt.

Tag 114:
Seit zwei Wochen kommt Kimi mich nicht mehr Abends besuchen. Der Kuss war wohl ein Fehler. Also steht es wohl fest. Einen Monat noch, dann kommt man wieder ohne Probleme in den Süden.
Traurig.

Tag 117:
Heute hatte ich ein Gespräch mit Okimakhan. Er will, dass ich mich von Kimi fernhalte. Ich sei kein guter Umgang für sie. In seinen Augen bin ich halt immer noch der New Yorker Bösewicht.
Ich denke, dass sie ihm erzählt habe, dass ich sie geküsst habe.
Noch trauriger.

Tag 140:
Es macht mir kein Spaß mehr hier. Ohne die Gespräche mit Kimi hab ich hier nichts. Der Winter bleibt doch länger als erwartet.
Keine Geduld mehr.

Tag 170:
Langsam wird es wieder grüner im Wald. Noch ein paar Wochen, dann bin ich endlich weg.
Froh.

Tag 172:
Heute haben wir Fußspuren eines Berglöwen gefunden. Schon gruselig, dass die wunderschöne Wildnis auch so gefährliche Wesen hervorbringen kann. Ich habe mir, seit ich hier bin, noch nie Gedanken über die Gefahren des Waldes gemacht.
Erstaunt.

Tag 180:
Kimi liegt im Krankenhaus..
Enttäuscht von mir.

13. Yoga und andere Weisheiten

Eine Straße am Ufer des Colorado River. Die roten Felsen erstrecken sich über die endlosen Weiten hinweg. Eine karges Ödland.

Trocken und unbarmherzig.

Nur der majestätische Fluss kämpft gegen die einsame Stille an. Das fast schon schwarzblaue Wasser streift kräftig durch die Gebirge.

Plötzlich hält ein Auto an einer zugänglichen Stelle zum Fluss an...

Zwei Männer sitzen in einem alten blauen Pick-Up mit vielen Roststellen.

Einer ist jung. Der andere im Gegensatz ziemlich alt. Einer ist erfahren und der andere weiß eigentlich nichts über die Welt.

„Warum halten wir an?", fragt der Mann im Flanellhemd seinen jungen Fahrer. „Wir wollten doch schnell runter nach Texas."

„Mein Lieber, du willst nach Texas. Ich fahr dorthin, wo mein Weg mich hinführt.", entgegnet der blonde Junge mit naivem Gesicht und entledigt sich prompt seiner Kleidung.

Der schwarzhaarige Mann, sehr verstört, seinen Beifahrer nun komplett nackt an einer öffentlichen Straße zu sehen, dreht sich um. Nacktheit war ihm unangenehm. Mit seiner Frau hatte er Sex, aber meist im Dunkeln. Sich selbst fand er auch nicht sonderlich attraktiv. Zum Glück wurde das hässliche Gesicht inzwischen durch seinen Bart weitestgehend verdeckt. Wenigstens hat der Winter in Kanada seinen laschen Körper zum Durchschnitt angehoben.

„Und unser...nein dein Weg führt dich jetzt nackt hierher?", stellt er seinen Mitreisenden, der schon fröhlich am Ufer planscht zur Rede.

„Ja! Es ist erfrischend. Komm auch rein. Wir können ja nicht die ganze Reise im Auto verbringen. Wir müssen auch etwas erleben." , spritzt der Schwimmer mit Wasser in Richtung des Mannes, um ihn zum Baden zu animieren.

„Etwas Erleben? Der Start, Kanada und Yellowstone...", versucht sich der Bärtige von seiner ruhmreichen Reise zu überreden. Er setzt sich auf den Boden, um weiter zu Denken. Im Blick die riesigen Berge und der nackte Junge, die all die Erlebnisse noch kleiner machten

„Ich bin per Anhalter gefahren, hatte einen Beruf in Kanada und habe im Yellowstone gezeltet. Eigentlich eine ganz gute Reise."

Währenddessen ist der Jüngling von seinem Bad zurückgekommen. Er steht neben seinem Begleiter und trocknet sich ab. Der Mann bemerkte den Nackten gar nicht. So vertieft ist er.

„Jetzt bin ich hier, mit einem fremden am Colorado River.

Ich kann jetzt Bäume fällen und habe eine Axt."

Der Nackte, inzwischen wieder bekleidet, legt sich neben den stoisch blickenden Mann. Er tippt ihn an, doch fast schon meditativ bleibt der Flanellträger in seiner Gedankenwelt. So verharren sie eine Ewigkeit an dem schönen Ort direkt an der Straße. Der Jüngling stand ab und an auf um etwas Yoga zu machen oder sich zu dehnen. Für ihn ist es völlig in Ordnung, dass seine Begleitung stundenlang mit stillem Denken verbrachte. Die Gedanken sortieren, sollte jeder ab und an.

Es wurde schon dunkel. Am Lagerfeuer sitzend kochte der blonde Junge eine Suppe. Endlich kommt er Mann wieder in die hiesige Welt zurück. Zum einem konnte er nicht mehr klar denken und der herrliche Duft der Suppe, sowie der treibende Hunger löste die Konzentration auf.

„Und? Was gibt es Neues in deinem Kopf?", tippt der Jüngling gefühlvoll auf die Stirn des alten Mannes.

„Ach, du hast doch vorhin gemeint, dass wir auf der Reise etwas Erleben sollte. Weißt du noch?", antwortet er ihm mit besserwisserischer Stimme. Sein Gegenüber nickt gleichgültig und schöpft Suppe in einen Teller.

Mit breiter Brust und siegreicher Körperhaltung beginnt er zu erklären:„Ich habe viele erlebt. Per Anhalter fahren, Arbeiten in Kanada und campen im Yellowstone. Jetzt bin ich hier mit dir auf dem Weg nach Texas und von da geh ich weiter nach Hollywood. Dann nach Toronto und dann flieg ich nach Hawaii"

„Und dann! Und dann?", unterbricht ihn der junge Mann in seinem Monolog. „Dann fährst du dahin? Der Sinn einer Reise ist nicht von Ort zu Ort zu fahren, nur um dort gewesen zu sein. Bisher hast du nichts anderes gemacht als die Geschäftswelt zu spiegeln. Du bist mit öffentlichen Verkehrsmitteln zur Arbeit gefahren. Dann hast du deine Vollzeitbeschäftigung ausgeübt. Und jetzt hast du Urlaub gemacht."

Er steht auf, wirft die Suppe weg und läuft weg. Wütend über seine eigene Naivität über seinen Mitfahrer. Er dachte, dass er viel von ihm lernen könnte. Ein Reisender in seinem Alter. So souverän und nett war er doch an ihrem ersten Abend.

Auf halbem Weg dreht er, aber wieder um. Und setzt sich wieder hin. Der Mann der die ganze Szene beobachtet, bleibt still sitzen.

„Es tut mir Leid.", entschuldigt sich der wieder zu Ruhe gekommene.

Der Mann weiß nicht so genau wie ihm geschieht. Sollten seine Gedanken falsch gewesen sein? Einen ganzen Tag verschwendet? Eigentlich hat er sich ja nur eine Route überlegt. Der Jüngling hat Recht.

„Warum bist du eigentlich unterwegs?", fragt er ihn, um die Stimmung zu beruhigen.

Dem Blonden ist es unangenehm darüber zu reden. Noch zu sehr kochen seine Emotionen. Sonst eigentlich ein ausgeglichener offener Mann, der jetzt zum trotzigen Kind mutiert ist. Also sagt er nichts.

Der Mann im Flanellhemd akzeptiert die Ignoranz. Er hat es verdient. Aber diese Seite hätte er von seiner reifen Begleitung nicht erwartet.

Doch plötzlich hört er ein kleine Schluchzen. Er schaut hinüber. Die Tränen laufen die zarten Wangen hinunter.

Was nun? Der Mann erinnerte sich an die Zeit mit seinen Söhnen. Jeder Junge braucht ab und an die Schulter eines Vaters.

„Er ist immerhin noch fast ein Kind", geistert es durch seinen Kopf, sodass er den Weinenden in den Arm nimmt.

Der Jüngling freut sich darüber. Er hatte schon lange keine Umarmung mehr erhalten. Dann fängt er an zu reden: „Mein Vater. Ich reise wegen meinem Vater. Der Pick-Up ist alles was ich von ihm habe. Er ging als ich noch sehr klein war. Meine Mama sagte mir immer, dass er die Welt sehen wollte, da er noch nicht bereit sei Vater zu sein. Danach wollte er wieder kommen. Das ist jetzt schon über 20 Jahre her."

Die Geschichte hatte er irgendwo schon einmal gehört. Aber er konnte sich nicht mehr daran erinnern. Wahrscheinlich sagen, dass viele Väter, wenn sie abhauen wollen.

„Ich glaube aber, dass ihm etwas passiert sein muss. Deshalb mache ich jetzt diese Reise, um den Traum meines Vaters zu erfüllen. Dann kann ich später mal bei meiner Familie bleiben. Du hast mich eben an ihn erinnert. Du bist halt ein alter Mann auf Reisen", lacht er seinem Tröster mit Tränen in den Augen und rot gereizten Wangen zu.

„Hier ein Foto von ihm."

Der Mann schaut sich das Foto an.
Es macht Klick.
Dieser Mann? Sein Sohn?
Die verschwommenen Puzzleteile setzen sich zusammen.

6. Eigentlich immer noch derselbe

Der Mann lag neben ihr. Nackt und noch berauscht vom Vorabend.

Plötzlich kam ihm alles hoch. Keine Übelkeit, sondern die Geschehnisse des Abends.

Eigentlich wollte die Frau neben ihm, seinen Begleiter. Doch der war immer noch nicht aufgetaucht.

Er schaute sich im Zimmer des Hotels um. Seine wenigen Sachen waren noch da. Das Auto stand noch auf dem Parkplatz.

Zum frühstücken war ihm zu übel. Den halben Morgen verbrachte er damit, seine Gefühle zu ordnen. Den Kuss, der Sex und sein Entschluss fortzugehen.

Er saß auf dem Stuhl, am kleinen Tisch im Eck des Hotelzimmers. Normalerweise saß dort immer nur sein Gefährte und lachte ihn an, wenn er volltrunken aufwachte und nicht mehr viel Ahnung vom Abend zuvor hatte.

Plötzlich wachte sie auf. Es war als würde ihm ein Spiegel vorgehalten. Die nächtliche Liebschaft verhielt sich exakt so wie er nach einem Alkoholrausch. Einzige Ausnahme war, dass ihr makelloser nackter Körper um einiges ansehnlicher war, als sein alter, verbrauchter und behaarter. Er konnte sich das Lächeln nicht verkneifen.

Die Dame warf ihm einen verwirrter Blick hinüber. Dann schaute sie an sich hinunter und bemerkte panisch, dass ihr Körper nur von dem bisschen Stoff des Bettlakens bedeckt wurde. Schnell kroch sie unter die Decke.

Sie schrie. Sie schrie nach Kleidung. Er reichte ihr so eilig er konnte, ihren Schlüpfer und ein zu großes T-Shirt. Mit den fast verhüllten Kurven beruhigte sich die Stimmung wieder. Endlich konnten sie sich unterhalten.

Sofort erkundigte sie sich nach der vergangenen Nacht. Die Errungenschaft des Mannes konnte sich nicht mehr an vieles erinnern. Einen Kuss, einen Schlag ins Gesicht und Tränen. Die Erinnerungsstücke ernüchterten den Mann. Keiner davon drehte sich um ihn. Er erhoffte sich, dass der gestrige Abend beide weitergebracht hatte.

Doch sein Freund, unfreiwilliger Nebenbuhler um die Gunst der Dame, hatte sich gestern aus dem Zweikampf abgemeldet. Eigentlich stand dem Glück der beiden doch nichts mehr im Wege.

Außer der Tatsache, dass sie nicht an ihm interessiert war.

Er erzählte ihr von gestern Nacht. Seine Erinnerung war ebenfalls lückenhaft. Dennoch um einiges vollständiger als die der schönen Frau.

Sie traute ihren Ohren nicht, als sie die vielen, teilweise vernichtenden Fakten über gestern hörte. Sie und der Mann. Der Begleiter und der Mann. Der Vorfall zwischen ihr und dem Vermissten. Anschließend, als der Mann damit fertig war, die Wirrungen des Abends teilweise zu lösen, sank sie rot vor Scham wieder unter die Bettdecke.

Dem Mann war dieses schüchterne Verhalten ihrerseits völlig neu. Sonst mimte sie immer die taffe, unabhängige Frau, die immer sagte, was ihr in den Sinn kam. Nach kurzer Bedenkzeit kam sie wieder hervorgekrochen.

Sie bedauerte die Vorkommnisse des Abends und machte dem alten Mann klar, dass dies eine einmalige Sache war. Ausrutscher und Fauxpas waren die Worte aus ihrem Mund, die ihm das Herz brachen. Er wusste nicht, ob er sie liebte. Aber er hatte ein Verlangen nach ihr, das nicht einmal der Sex von gestern Nacht stillen konnte. Ebenfalls betonte sie, dass sie sich unbedingt bei dem entflohenen Freund entschuldigen müssen. Doch wo war er?

Sie beschlossen gemeinsam nach ihm zu suchen. In dem kleine Städtchen sollte das doch keine Schwierigkeit darstellen. Die Menschen kannten die drei, da ihr Lebensstil auffiel. Man klapperte die Stammkneipen ab, fragte bei Bekanntschaften nach und sprach Menschen in Geschäften und auf der Straße an. Niemand wusste über den Verbleib des jungen Mannes Bescheid. Die junge Frau meinte, dass es keinen Sinn mache weiter nach ihm zu suchen. Der Vermisste sei alt genug und könne gut selbst auf sich aufpassen. Just im Moment brannte dem

Mann eine Sicherung durch. Er brüllte laut, dass sie nicht so einfach aufgeben könne. Der Junge habe doch so viel für sie getan. Er meinte, sie sei nur beschämt aufgrund der Tatsache, dass der junge Mann lieber einen alten Mann liebt, als sie. Zu seinem lingualen Ausraster machte nun auch sein Körper mit. Er schlug wild um sich. Schlug Wände, Schilder und auf den Boden. Er montierte sogar Mülleimer am Straßenrand ab und warf sie durch die Gegend. Fast wie ein kleines Kind im Spielwarengeschäft, das nicht seinen Willen bekam. Ein absurdes Schauspiel spielte sich auf den Straßen des Ortes ab. Ihr war das zu viel. Sie beschimpfte den Mann und ging.

Erst die Polizei konnte den Wütenden besänftigen.

Später in der Zelle machte der Mann sich Vorwürfe. Er wollte doch auf ihn aufpassen. Das war doch das mindeste, dass er für seinen verstorbenen Freund tun konnte.

Er schämte sich.

Sein Retter in der Not war weg und insgeheim freute er sich darüber, da es ihm bessere Chancen bei seiner Traumfrau einräumte. Ebenfalls war alles wieder wie früher. Alkohol, Drogen und Sex bestimmten seinen Alltag. Nur eben mit weniger Geld und ohne den großen Luxus.

Hatte er sich denn gar nicht geändert? Nicht mal ein

bisschen? Der Mensch dachte halt immer nur an das eine, sich selbst.

Das Ziel seiner Reise war in weite Ferne gerückt..

Wegen ihr? Wegen ihm? Nein wegen seiner selbst. Sein egoistisches Wesen hat ihn wieder zum Ursprung seiner menschlichen Abart gebracht.

Die Erkenntnis über sein Versagen waren wie Nadelstiche auf seiner Haut. Jeder weitere Gedanke tat noch mehr weh, als der Vorherige.

Eigentlich war er immer noch derselbe.

Die Nacht in der Zelle war nicht gut für sein Rücken, aber umso besser für das Chaos in seinem Kopf.

Es stimmte, dass er tief im Inneren noch der Arsch von früher war. Doch allein schon die Tatsache, dass er das erkannte, bedeutete Veränderung.

16. Bei den Cowboys

Auszüge aus meiner Zeit in Texas...

Tag 1:
Ich bin angekommen auf der Ranch.
Irgendwo in Texas. Nur die Prärie um uns herum.
Sand und Kakteen. Mehr nicht.
Zum Glück habe ich die Anzeige in der Zeitung
gesehen.
Keine Referenzen, keinen Lebenslauf.
Bill, mein neuer Chef hält von der ganzen Bürokratie
nichts.
Er freut sich über jede helfende Hand.
Ab morgen geht es los.
Arbeit mit Tieren?
Genug Zeit, um endlich von Vorne zu beginnen.
Erwartungsvoll.

Tag 3:
Der Gestank ist unerträglich.
Den ganzen Tag nur Mist von irgendeinem Vieh
wegmachen.
Ich könnte kotzen. Unzufrieden.

Tag 6:
Ich habe mich an den Geruch gewöhnt.

Bill ist ein seltsamer Mensch. Irgendwie ist es so, als würde er gar nicht mehr in diese Welt gehören. Die Arbeiter haben Respekt vor ihm.

Freundlich zu Mensch und Tier. Aber er kann auch den Stier bei den Hörnern packen.

Ein Cowboy durch und durch. Ein Mann vom alten Schlag.

Er verkörpert etwas, was viele suchen.

Ehrfürchtig.

Tag 10:

Bill ist ein sehr christlicher Mensch.

Er stellte uns heute die Frage, ob wir an Gott glauben?

Eigentlich habe ich mir darüber noch nie Gedanken gemacht.

Einer der anderen Arbeiter entgegnete, dass er an Allah glaubt. Darauf reagierte ein andere sehr negativ. Ein Streit entstand.

Bill sprang zwischen sie. Mit seiner Dominanz alleine trennte er die Streithähne.

Dann sprach er zu uns:

„Es sei egal an was wir glauben. Hauptsache man glaubt."

Tag 16:

Heute war ich das erste Mal bei den Pferden. Anmutige Tiere.

Bill erzählte mir viel über die Zucht und Haltung. Er weiß vieles über sein Handwerk.

Aber noch mehr weiß er über die Welt.

Er ist ein sehr charismatischer Mann. In allem was er macht, und wie er es macht, kann man lernen.

Inspiriert.

Tag 30:

Der erste Monat ist vorbei.

Inzwischen kann ich voll mitarbeiten.

Es tut gut.

Bill redet oft mit uns Arbeitern. Für ihn sind wir, wie seine Familie. Er sorgt sich um uns.

Glücklich, hier zu sein.

Tag 43:

Es ist Thanksgiving.

Bill hat uns Arbeitern für ein Paar Tage frei gegeben, um nach Hause zu fahren.

Ich bleibe hier.

Ich habe niemanden.

Bill fragte einen der jüngeren Arbeiter, warum er nicht wegfuhr. Dieser antwortete ihm, dass er Probleme mit seinen Eltern habe. Er hasst Familienfeste.

Bills Reaktion war überwältigend. Er kaufte ihm ein Busticket nach Hause. Schrieb einen Brief an die Eltern, dass ihr Sohn ein vorbildlicher junger Mann sei und gab ihm darüberhinaus noch etwas Geld für ein schönes Essen.

„Hört her, ehrt eure Eltern. Ihr habt nur diese. Und die Feiertage. Sie geben euch Zeit, die ihr mit euren Liebsten verbringen könnt.", waren seine Worte.

Meine Eltern?

Ich brauche noch ein wenig Zeit.

Nach all den Jahren der Stille, kann ich ihnen nicht einfach so unter die Augen treten.

Nachdenklich.

Tag 53:

Ich fühle mich schon besser.

Ich merke, dass sich etwas in mir ändert.

Bills Weisheiten bringen mich weiter.

Hoffnungsvoll.

Tag 64:

Heute hatten wir einen kleinen Fuchs im Hühnerstall.

Er war in einer der Falle gefangen.

Einer der Arbeiter wollte ihn töten.

Doch Bill hielt ihn zurück. Er rettete das verängstigte Tier, gab ihm Futter und lies ihn wieder frei.

Er drehte sich zu uns:

„Ihr fragt euch, warum ich dieses Geschöpf wohl frei gelassen habe? Es wollte doch eines unserer Hühner fressen? Töten bringt nichts. Der kleine Fuchs kann nichts für seine Triebe. Alle Wesen auf dieser Erde sind kostbar. Merkt euch das."

Tag 77:
Es gab ein Fest für alle Angestellten der Ranch.
Alkohol, Tanz und gutes Essen.
Bill trank nicht. Unglaublich für einen echten Mann.
So ein Gläschen Scotch am Abend hat doch etwas.
Spät in der Nacht erwischte er einen Arbeiter, der gerade mit einer Prostituierten zu Gange war.
Der Mann war verheiratet. Seine Frau wohnte weit weg.
Bill riss ihn von der Dame runter. Schlug ihn. Dann entschuldigte er sich bei ihr, bezahlte sie und schickte sie weg.
Er sprach zu dem Verheirateten:
„Geh zu deiner Ehefrau! Sie ist das kostbarste, dass du jemals haben wirst. Wirf das nicht einfach weg."
Bill übernahm die Kosten für den Besuch bei seiner Frau.
Dieser eigenwillige Mann geht einen rechtschaffenen Weg.
Mit seinen Taten und Worten verändert er.
Überzeugt.

Tag 80:
Bill ist unglaublich

Es gibt keinen Tag, an dem ich nichts von ihm lernen kann.
Menschlich, handwerklich oder spirituell.
Dankbar.

Tag 84:
Heute haben wir zwei jugendliche Mexikaner bei Viehklau erwischt.
Bill sprach lange mit ihnen.
Viele von uns wollte die beiden Gauner am liebsten sofort bestrafen.
Er ließ die Jungs laufen.
Fassungslos.

Tag 87:
Die zwei Viehdiebe waren wieder auf der Ranch. Mit dabei ihre Familien.
Bill lud sie an einen reich gedeckten Tisch ein.
Die Jungs stellte er als Stallburschen ein, damit sie Essen kaufen konnten.
Die Belegschaft war empört über die Entscheidung. Er wendete sich zu uns:
„Man soll nicht stehlen. Da habt ihr Recht. Aber, wenn man schon so am Ende ist, dass man kein Essen für seine Familie hat, akzeptiere ich das. Wo ist den unsere Nächstenliebe hin, wenn wir zuschauen würden, wie ein armes Menschenleben verhungert? Zeigt etwas

Respekt für das Leben."

Mit einem seiner prägenden Reden besänftigte er im Handumdrehen die Gemüter.

Berührt.

Tag 93:

Es gibt nur wenige Arbeiter, die langfristig hier sind.

Immer wieder verschlägt es Menschen hierher.

Bill nimmt sie alle auf. Er ist ein guter Mensch.

Ryan, einer der langfristigen Arbeiter schießt und stichelt, seit einiger Zeit gegen einen neuen Arbeiter.

Er darf schon das gleiche Geschäft machen wie die alten Hasen. Zudem verdient er mehr.

Jeden Tag stänkerte Ryan. Doch heute hat es Bill gereicht.

Bill war um einiges älter, aber mit Leichtigkeit packte er Ryan beim Schlafittchen. Er fesselte und knebelte ihn.

„Ryan! Bist du so neidisch auf einen armen Jungen, dass du ihn schlecht machen und hinter seinem Rücken Lügen verbreiten musst? Du kennst seine Geschichte nicht. Er verdient die Bezahlung. Ist dir Geld so wichtig? Dann viel Spaß damit."

Bill warf ihm einen Haufen Geld hin und ging.

Wir waren alle begeistert von der satten Ansprache und machten Ryan wieder los.

Der sammelte das Geld auf, entschuldigte sich bei dem

Jungen und schenkte ihm das Geld.
Beeindruckt.

Tag 99:
Ein trauriger Tag.
Mein letzter Tag auf der Ranch ist gekommen.
Bill kam heute zu mir und sagte mir, dass ich morgen gehen müsse. Wo soll ich jetzt hin?
Verzweifelt.

Tag 100:
Mein letzter Tag.
Ich war befreit von der Arbeit.
Bill befahl mir, ich solle mich von allen verabschieden.
Zu ihm kam ich als letztes.
Mit tiefem Gram dankte ihm für die Zeit.

Seine letzten Worte zu mir, rückten die Entlassung aber in ein ganz anderes Licht.

„Die 100 Tage haben dich verändert. Du bist soweit. Du hast alles was einen guten Menschen ausmacht schon in dir gehabt. Man musste es nur aus dir herauskitzeln. Ich kann dir nichts mehr beibringen. Der Rest wird dir die Zeit zeigen. Du kennst meinen Weg, bestreite jetzt vollends deinen eigenen."
Doch da war noch dieses Gefühl. Unvollständig.

14. Rosita und die Männer

Seitdem ich weiß, dass er sein Sohn ist, ist die Reise für mich komplizierter als zuvor. Er denkt sein Vater ist tot, ich weiß es.

Das ironische ist, dass meine Reise wegen der gleichen Person begonnen hat. Nur kann ich dem Jungen nicht sagen, dass sein Vater als obdachloser Krüppel gestorben ist.

Wir sind weiter den Colorado River entlang gefahren.

Ich versuche ihm ein guter „Vater" zu sein. Er lernt viel von mir, aber ich umso mehr von ihm. Ich denke so sollte es immer sein. Wenn ich es Recht bedenke, bin oder war ich ein schlechter Vater. Ich habe ihre gespielte Liebe mit teuren Dingen erkauft.

Sein Vater war nie für ihn da, aber hat ihm damit mehr fürs Leben gegeben, als ich meinen verzogenen Rotznasen. Wenn ich sie jemals wieder sehe, dann versuche ich alles anders zu machen.

Inzwischen sind wir schon ziemlich tief in Arizona. Mein Ziel Texas habe ich erst einmal hinten angestellt. Der Junge ist mir gerade wichtiger.

Wir sind in einem kleinen Ort angekommen. Dort trafen wir Rosita. Ein rassige Mexikanerin mit wallendem schwarzen Haar. Ihre roten Lippen signalisieren Wollust. Ihre lebensfrohe Art macht Lust auf mehr. Es ist schon verdammt lang her, dass ich Kontakt mit einer Frau hatte. Inzwischen bin ich über Selma hinweg. Der Junge hat mir beigebracht, dass man im Leben alle Chancen ergreifen muss. Später trauere man ihnen nur hinterher. Da hat er Recht. Seit seinem Zusammenbruch damals, versuche ich das Leben wie er zu sehen. Jung, naiv und mit Spaß. Ich denke mit meiner Lebenserfahrung kombiniert ist das eine ordentliche Lebensphilosophie.

Das ist das erste Mal seit langem, dass wir an einem Ort länger als 3-4 Tage bleiben.

Wir haben viel Spaß, trinken viel Alkohol und tanzen eine Menge. Jeden Morgen wachen wir drei total am Ende in unserem Hotelzimmer für das ich zahle auf. Dann schwöre ich mir, dass es nur noch ein paar Tage so weitergehen kann. Doch mein Schwur hält meist nur bis zum Mittag. Dann packt Rosita ihre Kurven am Pool aus und verführt mich zu einem weiteren Gelage.

Ich will sie. Sie will ihn. Doch er scheint nicht an ihr interessiert zu sein.

Ich trinke nur, damit ich Zeit mit Rosita verbringen kann. Ich muss ja mit der Jugend mithalten. Sie soll mich nicht für einen alten Knacker halten.

Es ist anstrengend die ganze Zeit aktiv zu sein. Ich weiß nicht genau warum die beiden sich solch eine Tortur jeden Tag antun. Ist es die Gesellschaft, die ihnen quasi das Image der unbeschwerten Generation, die nur Feiern im Sinn hat, auferlegt oder haben sie wirklich nichts besseres zu tun.

Im Ort kennt man uns schon. Die Leute reden immer über uns, wenn wir auf der Straße entlang laufen, während sie arbeiten. Das ist uns egal. Wir leben im Hier und Jetzt. Und das Hier ist nun einmal in diesem kleinen Örtchen.

Am Abend sind wir fast immer vor der Dämmerung stark betrunken. Dann schleifen wir uns in die nächste Bar und veredeln unseren Suff mit schlecht gemixten Getränken. Nur um uns dann am nächsten Morgen das selbe Ritual wie jedes Mal hinzugeben.

Es war der letzte Abend, den ich hier bleiben wollte. Das Geld hätte sonst nicht mehr nach Texas gereicht. Ich war fertig mit dem Ort und Rosita. Dem Jungen konnte ich nur ans Herz legen weiterzuziehen.

Und da er die schöne Rosita nicht haben wollte, hielt ihn hier nichts.

Insgeheim hoffte ich, dass er sich mir anschließen würde. Irgendwie war ich noch nicht bereit alleine zu reisen.

Wir tranken viel Tequila. Ich hätte eigentlich nicht mehr weggehen müssen. Ich konnte nicht mal mehr stehen, doch Rosita war unnatürlich nett zu mir. Sie hing schon den ganzen Abend an mir. Berührte mich oft, streichelte meine Schulter und küsste mich. Aber jede Erwiderung meinerseits lehnte sie ab.

Den Jungen schien all das nicht zu interessieren. Er kippte einen Schnaps nach dem anderen hinunter.

In unserer üblichen Tanzbar war alles so wie immer. Nur wir drei waren irgendwie anormal.

Wir tanzten nicht, saßen nur an der Theke und tranken. Den ganzen Abend war die Stimmung schon seltsam. Vielleicht merkte man mir an, dass ich morgen abhauen wollte.

Inzwischen war ich wohl der trunkenste Mann der Welt. Mein Pegel sagte mir, dass ich einen letzten Versuch bei Rosita wagen sollte. Also schwankte ich hin zu ihr, packte sie am Arm und zog sie mit mir auf die Tanzfläche. Sie folgte mir ohne Gegenwehr. Sie hatte ihr Limit auch schon deutlich erreicht. Wir tanzten eng miteinander. Sie rieb sich an mir. Die Lust stieg in mir nach oben. Ihre Sinnlichkeit kam erst im dunklen Licht der Tanzbar zur Geltung. Der Rausch, der Schweiß und die Müdigkeit taten ihr nicht ab. Es verstärkte ihre Anziehung sogar. Ich wollte sie haben.

Ich drehte sie um und gab ihr einen sinnlichen Kuss. Sie stieß mich weg. Mit Tränen in den Augen machte sie mir deutlich, dass das mit uns nichts wird. Sie verließ die Tanzfläche.

Nachdem ich mich gesammelt hatte, ging ich zurück zum Jungen. Er saß immer noch an der Bar und trank. Ich stieg ein, um meinen Korb für morgen vergessen zu machen. Gegenseitig zahlten wir eine Runde nach der anderen. Wir lachten. Hatten soviel Spaß wie lange nicht mehr. Diese Frau hatte uns getrennt.

Plötzlich kam der Grund der alles veränderte zu uns. Ohne großes Zögern packte sie sich den Jungen und griff ihn in den Schritt. Der Sprang sofort auf und schlug ihr aus Versehen ins Gesicht. Sie verließ weinend die Bar. Ich wollte ihr hinterher, doch sofort merkte ich etwas in mir hochsteigen. Die Übelkeit machte sich breit. Ich rannte auf die Toilette und kotzte den ganzen Abend wieder aus. Die Stimmung, den Alkohol und die Vorfälle. Als ich fertig war, stand er vor mir. In seiner Hand ein Glas Wasser und ein paar Papiertücher, um mich frisch zu machen. Zusätzlich gab er mir einen Kaugummi. Mein Erbrechen zerstörte mich noch mehr. Sogleich kippte ich um. Er fing mich auf und streichelte meine Wange.

Einst war ich sein Trostspender, nun er mein Retter. Ach, eigentlich war er immer mein Retter. Seitdem ersten Tag rettete er mir das Leben, indem er mich zu einem besseren Menschen machte.

Plötzlich küsste er mich. Ich schaute ihn nur verwundert an. Ich konnte ihm trotz meines Zustandes verdeutlichen, dass ich nicht homosexuell bin.

Danach verließ er mich. Ich blieb noch liegen. Einsam auf dem Boden einer dreckigen Toilette. Doch fühlte ich mich innerlich noch dreckiger. Drei Leben veränderten sich in einer Nacht.

Als ich wieder bei Kräften war, ging ich nach Hause. Vor der Tanzbar sah ich Rosita immer noch weinend am Bordstein sitzen. Sie konnte ja nirgends hin. Also nahm ich sie mit ins Hotel, ohne Absichten. Meine Gedanken kreisten nur um den Jungen. Sie ging erst nach langem überreden mit mir mit.

Im Hotelzimmer war er nicht. Der Nachtportier hatte ihn auch nicht mehr gesehen.

Also lagen Rosita und ich zusammen im Bett. Ich versuchte zu schlafen.

Dann spürte ich ihre Hand an mir.

Wir liebten uns.

12. Duke

Der Frühling war endlich da.

Ich verließ Kanada schweren Herzens.

Mit dabei meine Axt.

Mit dem verdienten Geld, dass ich über den Winter gespart hatte, konnte ich die nächsten Monate ohne Geldsorgen leben.

Ich stand wieder mit einem Fuß im Leben.

Inzwischen schlug ich mein Zelt im Yellowstone Nationalpark auf. Es war herrlich. Die endlosen Weiten und die unberührte Natur machten mein Heimweh nach Kimi und dem Wald erträglicher.

Mein Leben war wie im Paradies. Ich lebte einfach in den Tag hinein. Es gab keine großen Anstrengungen. Ab und zu Wäsche waschen oder im nahegelegen Shop etwas Essen kaufen, mehr nicht.

Ich hatte schon fast vergessen, warum ich Kanada verlassen habe. Doch dann traf ich Duke.

Ein blonder Jüngling mit umwerfenden Lächeln, der mit seinem alten blauen Pick – Up auf den Campingplatz fuhr.

Es sollte regnen. Als ich sah, dass er kein Zelt aufbaute ging ich rüber, um ihn zu fragen, wo er schlafen wolle.

Er meinte, dass ihm die Ladefläche genüge. Ich bot ihm an in meinem Zelt zu übernachten, da ich noch Platz hatte. Er lehnte mein Angebot höflich ab. Also ging ich wieder zurück zu meinem Bereich.

In der Nacht ließ der Himmel alles los, was er nur aufbieten konnte. Der sonst sternenklare dunkelblaue Himmel war nun in dunklem Grau und Schwarz gehüllt. Der Himmel wurde ab und an durch das Gewitter erleuchtet.

Ich wollte mich vor diesem Angriff der Natur in meinem synthetischen Zelt schützen. Mein Plan wurde durch das Unwetter zunichte gemacht. Innerhalb kürzester Zeit riss der Wind große Löcher in die Außenhülle meiner Unterkunft.

Ich beschloss zum nahegelegenen Waschsalon zu eilen, um dort die Nacht im Trockenen zu verbringen. Also packte ich das nötigste schnell zusammen und ging los.

Auf dem Weg schaute ich nach Duke, um zu schauen, wie er die Nacht verbrachte. Er saß aufgrund des Regens in seinem Pick-Up. Er war wach und schaute zufällig zu mir hinüber. Die Tür öffnete sich. Er schrie mir zu, dass ich ihm Gesellschaft leisten solle.

Gesagt, getan. Nun wurde derjenige, der zuerst Hilfe anbot, selbst Hilfebedürftig. So schnell können sich die Positionen ändern.

Im Trockenen angelangt, bot mir Duke ein Bier an. Ich lehnte natürlich nicht ab. Er zog aus einer Kühlbox zwischen seinen Beinen zwei kühle Dosen hinaus. Wir stießen auf die Welt an. Erschlagen von der Gewalt der Natur.

Normalerweise unterhielt man sich gezwungenermaßen mit anderen Menschen eingeschlossen in Räumen, doch bei Duke war das anders. Man sah, dass Duke wirklich interessiert war sich mit seinem Gegenüber auszutauschen. So blöd es klingt, machte es Spaß einfach nur zu Reden. Oft hatten meine Unterhaltungen ein gewisses Ziel oder mussten geführt werden.

So tranken wir mehrere Dosen Bier und die Zeit verging wie im Flug.

Der Sturm legte sich und die dunklen Wolken wurden langsam durch die gelb-goldenen Sonnenstrahlen der Morgensonne aufgelöst.

Wir hatten einen schönen Abend. Was wollte ich mehr?

Bier, Gespräche und eine komfortable Stimmung.

Da wir die Nacht durchgemacht haben, schliefen wir den halben Tag auf der Ladefläche von Dukes Pick- Up. Später hatte ich einen ziemlichen Kater und schaute mir die Überreste meines Unterschlupfs an. Nichts war heil geblieben.

Kein Zelt mehr bedeutete, dass ich weiter gehen sollte.

Doch wo wollte ich jetzt hin?

Alles viel mir wieder ein. Mein sorgloses Leben verwandelte sich.

Es gab Fragen ohne Antworten. Und Antworten auf die ich die Frage noch nicht kannte.

So viele Gedanken im Kopf machten mir noch mehr Kopfschmerzen als Ohnehin schon.

Durch ein einfaches Unwetter wurde ich sozusagen aus dem Paradies geschmissen. Fast schon eine biblische Tragödie für mich. Doch welche Sünde hab ich begangen?

Meine neue Bekanntschaft rettete mich gleich wieder. Er fuhr mit seinem fahrbaren Haus vor und hupte.

Ich zuckte zusammen.

„Du wolltest doch durchs Land reißen. Da haben wir schon was gemeinsam. Steig ein.", lachte er mich an.

11. Die Axt

„Mir geht es gut soweit. Ein Paar Kratzer, aber nichts Ernstes. Kimi hingegen lag im Krankenhaus und konnte sterben. Die Ärzte wollen mir nichts sagen.

Ich mache mir solche Vorwürfe.

Immerhin waren wir zusammen unterwegs. Das erste Mal seit Langem wollte sie Zeit mit mir verbringen und dann das.

Ein Streit. Ein Angriff. Ein Menschenleben?

Mein Egoismus hat alles ruiniert.", dachte ich damals.

Okimakhan setzte sich neben mich im Wartesaal des Krankenhauses. Er schwieg. Seine Blicke schienen kein Ziel zu haben.

„Es tut mir leid, Okimakhan.", entschuldigte ich mich. Doch im selben Moment erklang ein wohltuendes „Psst" aus seinem Mund. „Mein Sohn, du hast nichts falsch gemacht. Ohne dich wäre sie sicherlich Tod."

Voller Freude sprang ich auf und konnte mir ein erleichterndes Seufzen nicht verkneifen. Doch der alte Mann, vor dem ich stand, hob mit Bedacht die rechte Hand hoch und signalisierte damit ein Stoppzeichen. „Ihr geht es nur den Umständen entsprechend. Sie ist nur stabil. Die Ärzte wissen nicht, ob sie durchkommt."

Mit dieser Aussage war meine Freude in Windeseile verflogen. Ich sank zu Boden, auf die Knie. Tränen sammelten sich in meinen Augen. Die Wut über mich selbst kam wieder zurück. Schon seltsam, wie schnell Gefühle kommen und gehen können.

„Sie ist stark. Kimi ist stark.", murmlte ich vor mich her.

„Ja da hast du Recht. Ich denke wir müssen noch ein paar Tage warten. Die Welt wird schon richtig entscheiden.", sprach mir der alte Mann gut zu. „Komm, wir gehen in die Kneipe gegenüber. Ich lade dich ein."

Er packte mich unter den Armen, da ich immer noch am Boden zusammengesackt war, und hob mich auf.

Da saßen wir. Ein schreckliches Erlebnis brachte uns zusammen. Zwei Fremde, aber doch vereint in den Gedanken. Die Hoffnung, dass Kimi überleben wird.

Lange Zeit redeten wir nichts. Ab und zu schlürfte einer von uns an seinem Bier oder naschte von den Nüssen die vor uns auf dem Tresen standen.

Plötzlich fing der alte Mann an zu reden:

„Eigentlich hättet ihr gar nicht zusammen sein dürfen. Eigentlich hättest du wissen müssen, dass im Wald Gefahr lauert. Eigentlich hättest du neben ihr sein sollen. Eigentlich gibt es viele Gründe dich zu verabscheuen. Du hast immerhin meine Enkelin verletzt."

Ich schaute ihn verwundert an. Während des gesamten Satzes würdigte er mich keines Blickes. Dann drehte er den Kopf nach links und schaute mir tief in die

Augen. Er fuhr fort: „Doch ich bin dir dankbar. Dankbar, dass du bei meiner Enkelin warst. Dankbar, dass du wusstest, dass Gefahr im Wald ist. Dankbar, dass du in der Nähe warst. Eigentlich gibt es viele Gründe dir zu verzeihen."

Ich war perplex. Innerhalb weniger Sekunden wurde die Hasstirade über mein Versagen zu einem liebevoll aufmunternden Dankeschön. Er nahm einen Schluck von seinem Bier, schaute es danach an und machte es vollends leer. „Du hast immerhin meine Enkelin gerettet."

Der Ton in meiner Stimme versiegte. Ich wollte reden, doch ein Klos saß mir in der Kehle.

Meine innere Gefühlslandschaft hätte man mit einem Schlachtfeld nach dem Kampf vergleichen können. Angefangen mit dem tiefen Einschlagkrater der Bomben, die meinen Hass über die Fehler darstellen. Blut und Tränen, die in den Boden versickerten. Die Fehler der Vergangenheit, die langsam geordnet wurden, um im Gedächtnis zu verschwinden. Dann noch die stoische Aura die in der Luft liegt, die meine Handlungsunfähigkeit widerspiegelte. Und dann zum Schluss noch die aufgehende Sonne, die den Schauplatz erleuchtete und mich aufgrund der Worte des alten Mannes aufheiterten.

„Komm, wir gehen wieder ins Krankenhaus.", unterbrach er meine Selbstanalyse. Ich trank mein Bier aus. Er zahlte.

Am nächsten Morgen wussten die Ärzte nicht viel mehr. Wenn Kimi heute keine Komplikationen mehr bekäme, wäre sie zu 75 Prozent über den Berg.

Also hatten Okimakhan und ich einen weiteren Tag unfreiwillig zusammen. Jetzt war ich schon über ein halbes Jahr im Norden und noch nie haben wir so viel Zeit miteinander verbracht. Während der Arbeit im Wald redete er nur selten. Und wenn, dann nicht mit mir.

Die Stadt in dem das Krankenhaus stand, war sehr klein und nicht aufregend. Hier gab es keinen Tourismus. Ich konnte nirgends hin. Er wollte nirgends hin.

Die äußeren Bedingungen zwangen uns den Tag still nebeneinander zu sitzen.

Ich wusste nicht was ich mit ihm reden sollte. Quasi beherrschte keiner von uns die Sprache des Anderen.

Nach ungefähr sieben Stunden Stille verschluckte ich mich aus Versehen beim Gähnen. Die ersten Töne seit dem Guten Morgen Gruß.

Der Alte klopfte mir aus den Rücken.

„Aber nicht, dass wir jetzt Quitt sind.",scherzte ich. „Ein Rückenklopfen beim Verschlucken, kann man nicht gleichsetzen mit der Rettung der Enkelin."

Der Spaß ging nach hinten los. Mit bösem Blick hörte er auf meinen Husten zu stillen. Dann begann er laut zu lachen. Die Menschen um uns herum starrten uns an. Der

Wartesaal in der Intensivstation ist wohl doch keine Stand-Up-Bühne. Ich machte mich klein, um nicht wahrgenommen zu werden, doch mein freudiger Partner machte mein Unterfangen zunichte.

Nach und nach konnte ich wieder normal atmen. Okimakhan hatte sich inzwischen auch wieder beruhigt. Wir schauten uns an. Er grinste. Das erste Mal wahrscheinlich, dass ich ihn grinsen sah. Und dann grinste er noch mich an.

Ein Arzt kam zu uns. Er teilte mit, dass Kimi vollkommen stabil ist und keine Gefahr mehr bestünde. Dennoch soll Kimi noch eine Woche im Krankenhaus überwacht werden.

Die Freude in mir musste hinaus. Ich umarmte den alten Mann.

„Was war das? Was spürte ich?"
Er erwiderte meine Umarmung.

Die letzten Tage waren aufregend.

Ein Streit. Ein Angriff. Drei Menschenleben!

Kimi überstand die Attacke und war so lebensfroh wie immer. Der Vorfall schweißte mich und den alten Mann zusammen. Er hieß mich als Teil seines Stammes

Willkommen. Zum Zeichen der Dankbarkeit schenkte er mir eine alte Axt mit indianischen Gravuren.

Holzfäller, Axtbesitzer, Indianer...

19. Americano en México

Sie nennen mich Americano.

Inzwischen habe ich mir einen Namen in Pereiras Bande gemacht. Mit einfachen Drogenverkäufen, Geldwäschen und ein paar Mal Schutzgeld eintreiben, bin ich ganz schnell aufgestiegen. Was nicht sonderlich schwer war, da der Großteil dieser Bande stümperhafte Idioten sind. Mit dem wenigen Geld, dass ich durch die schlechte Arbeit verdiene, besuche ich Little Pequeña immer wieder abends. So oft es geht buche ich sie mir, damit sie nicht zum Sex mit anderen Männern gezwungen wird.

Sie versteht es noch nicht so ganz, warum ich sie nicht anfasse. Meistens sitzt sie auf der dreckigen Matratze und schaut mich mit neugierigen Augen an. Ab und zu bringe ich ihr ein paar Wörter Englisch bei. Mit viel Fantasie und Gesten können wir uns schon ganz gut unterhalten.

Mein Gewissen nagt an mir. Eigentlich wollte ich nie wieder Schlechtes machen. Und jetzt arbeite ich für einen Gangster.

Immer wieder kommt mir diese eine Frage in den Sinn. Kann man viele schlechte Taten mit einer guten Tag rechtfertigen?

Ich weiß es nicht.

Seit ich für Pereira arbeite, reden die Einheimischen

nicht mehr mit mir. Entweder habe sie Angst oder sie verabscheuen mich. Zweitens wäre mir lieber, denn mir geht es genauso. Nur die Tatsache, dass ich Little Pequeña retten werde, lässt mich morgens ohne Ekel in den Spiegel schauen.

Nur noch ein bisschen, dann muss ich Pereira, dieses Arschloch, nie mehr sehen.

Da kommt der Teufel auch schon.

„Ah, Americano",er küsst mich links und rechts. Ich erwidere seine Geste. „Ich habe eine gute Nachricht für dich. Heute Abend wird deine letzte Mission sein."

Sehr überrascht bedanke ich mich bei Pereira. Er erklärt mir, dass ich eines seiner Häuser heute Nacht anzünden soll. Einen kleinen Versicherungsbetrug. Kein Mensch wird verletzt.

Einer seiner Lakaien reicht mir zwei Kanister Benzin. Ich verabschiede mich und verlasse sein Büro.

Gerade als ich die Tür schließen will, kann ich noch der Frage des Lakaien lauschen:

„Boss, willst du wirklich Americano das Mädchen überlassen?"

Ich lehne die Tür nur an. Schaue mich um, kein Anderer steht im Gang; also kann ich ungestört dem Gespräch folgen.

„Ach Quatsch, du Dummkopf. Er wird es eh nicht machen. Das Haus, das er in Brand stecken soll, ist das der kleinen Nutte. Und wenn doch, dann darf er gerne gehen. So oder so. Die Schlampe wird er nie haben.", verdeutlicht Pereira seinem Lakaien.

Ich gehe sofort los. Versuche mir nichts anmerken zu lassen und gehe an den zwei Gorillas am Eingang ohne ein Wort vorbei.

An meiner Unterkunft angekommen, packe ich sofort alles zusammen. Wir müssen sofort fliehen. Ich hole mir einen Mietwagen. Dann fahre ich zu der alten Hütte, indem Little Pequeña ihre Arbeit verrichten muss.

Auf dem Kirchturm sehe ich, dass ich noch genügend Zeit habe, bis mein Auftrag über die Bühne gehen soll. Also parke ich den Wagen hinterm Haus. Dann gehe ich rein. So wie immer bestelle ich mir sie für eine Stunde. Die Angestellten ahnen nichts von meinem Vorhaben. Ich werde, wie immer die Treppe hoch geleitet. Einer der Aufseher öffnet mir die Tür zu Little Pequeñas Zimmer. Ich gehe hinein.

Sie ist sichtlich irritiert. Normalerweise bin ich nie um diese Uhrzeit bei ihr. Ich sage zu ihr, dass wir fliehen müssen und stopfe wahllos Dinge aus dem Schrank in eine Tasche, die ich mitgebracht habe. Sie starrt mich nur unverständlich an und räumt gleichzeitig die gepackten Sachen wieder aus. Sie versteht meine Eile nicht. Mit Händen und Füßen versuche ich ihr zu verdeutlichen, dass das hier kein Spaß sei.

Der Kirchturm schlägt. Nun sollte alles in Flamme stehen. Es ist zu spät.

Mein Geist arbeitet schnell. Ich schnappe mir ein Laken und renne die Treppe hinunter zu meinem Auto. Im Kofferraum habe ich die Benzinkanister deponiert. Dann reiße ich das Laken in kleine Stücke, wickele es um kleine Steine auf dem Boden. Meine gebastelten Geschosse tränke ich mit Benzin.

So die letzte Runde hat geschlagen. Die einzige Chance etwas Gutes zu tun. Ich werfe die wenigen Fenster des Hauses mit den Benzinbomben, die ich nach und nach anzünde, ein. Das restliche Benzin kippe ich vor dem Haus aus.

Das Feuerwerk kann beginnen. Ich mache mein Feuerzeug an und die Show beginnt.

In wenigen Momenten brennt das Haus lichterloh. Man hört Schreie, panische Menschen versuchen das Feuer zu löschen und viele rennen aus dem Haus.

Ich renne hinein. Die Treppe hoch in ihr Zimmer.

Dort sitzt Little Pequeña verwirrt auf ihrer Matratze. Wie ein kleiner Welpe versteht sie nicht was um sie herum geschieht. Ich packe sie an der Hand und zerre an ihr. Sie folgt mir. Die Hitze und der Rauch sind fast nicht auszuhalten. Oben an der Treppe stehen wir und vor uns ein Meer aus Flammen.

Eine Ungewissheit in sattem Rot.

Brennenden Balken der Decke stürzten vor uns nieder.

Links und rechts zischte die Feuchtigkeit im Holz. Das laute Schreien der Menschen verstummte unter dem dröhnenden Krach der sich bewegenden Flammen.

Umzingelt von Feuer ackerten wir uns durch schmale Lücken bis vor die Ausgangstür. Ein Vorhang aus Hitze versperrte uns den Weg.

Was nun? Stehend oder kämpfend sterben?

Das waren unsere Möglichkeiten.Wir sprangen hindurch...

Geschafft!.

Wir haben überlebt. Vor dem brennenden Haus legen wir uns zu Boden. Atmen durch.

Plötzlich fuhren ein paar Autos vor. Es ist Sergio Pereira. Im Schlepptau seine Leute. Er schreit: „Meinst du wir lassen euch einfach so gehen? Du verdammter Hurensohn. Ich bring dich um!" Die ersten Schüsse ertönen. Ich reiße Little Pequeña an ihrer Hand vom Boden los, um die Ecke zu meinem Auto.

Ich starte den Motor. Ich rase. Der Motor heult und jauchzt. Die Bande um Sergio verfolgt uns. Projektile fliegen uns um die Ohren. Ab und an knallt eines in die Karosserie. Es macht höllische Schläge. Bei jedem Aufprall schrecke ich zusammen, doch das Adrenalin stabilisiert meine Nerven. Abgelenkt von der Tatsache, dass uns ein Gangster mitsamt seiner Gefolgschaft, während einer Verfolgungsjagd umbringen will, kann ich mich nicht auf das Wohl Little Pequeñas konzentrieren.

Endlich. Das Schild auf das ich gehofft habe. Noch wenige Meilen bis zur Grenze der USA. Unsere Verfolger bremsen ab.

Soweit gehen sie wohl doch nicht für einen einfachen Mann aus Amerika und eine Minderjährige.

Ich gehe vom Gas und fahre gemütlich mit erleichterter Stimmung gen Frieden.

Dann schaue ich zur Seite.

Little Pequeña ist tot. Ein Treffer in den Kopf.

Ich steige auf die Bremse, nehme meine Sachen und verlasse das Auto. Ich habe noch ein wenig Benzin übrig.

Was hab ich getan?

Vor mir die grausame Welt.

Hinter mir die leuchtenden Reste meiner Grausamkeit.

20. Goldie

Ein gebrochener Mann sitzt am Hebel eines Glücksspielautomaten. Stoisch setzt der Unglückliche immer wieder das Glücksrad in Bewegung.

Spiel für Spiel sieglos.

Die Vergangenheit war ihm nicht arg wohlwollend gesinnt.

Seinem alten Leben entflohen, landete er nur in einem noch größeren Sumpf aus Leid und Hass. Der einzige treue Begleiter, der Alkohol. Und Frauen, denen er das Herz brach.

Als er gerade an seinem fünften Whiskey nuckelte, bimmelte der einarmige Bandit plötzlich laut los. Geldblinkende Lichter und tosende Sirenen machten den armen Mann zum Schauspiel im Casino. Die konzentrierten Menschen drehten sich zu ihm. Alle Augen waren nun auf ihn gerichtet.

Zehn Millionen Dollar! Einfach so.

Ein junger Mann im Anzug kam zu ihm. Beglückwünschte den nun überreichen Mann und reichte ihm einen Scheck. Die Menge applaudierte. Ein weiterer Angestellter machte ein Foto des gelähmten Gewinners.

Nach kurzer Zeit verlief sich der Tumult um ihn. Die anderen Gäste spielten weiter an ihren Münzfressern. Alles lief seinen gewohnten Gang ab. Nur der Gewinner blieb still auf seinem unbequemen Hocker sitzen.

Es war ihm nicht greifbar, wieso gerade er so ein Glück hatte. Immerhin hat er Menschenleben auf seinem Gewissen.

Er fühlte sich eigentlich noch erbärmlicher, als während seines Absturzes in die Obdachlosigkeit damals.

Dennoch blieb ihm nichts anderes übrig als den Gewinn abzuholen. Seine Ersparnisse waren einmal mehr fast erschöpft.

Eine hübsche, rothaarige Dame in den mittleren Zwanzigern beobachtete das ganze Geschehen. Sie kam zu ihm hinüber. Sofort ging sie offensiv auf den frischen Millionär los. Mit ihren smaragdgrünen Augen und den blutroten Lippen fiel sie auf. Zudem trug sie ein kurzes, türkisfarbenes Kleid. Ihre langen Beine erstrahlten, da auf ihnen Glitter aufgetragen wurde.

Ihr Name war Goldie. Er wusste sofort, dass sie nur sein Geld wollte. Doch ihr geheucheltes Interesse tat ihm gut.

Das letzte Mal als er Wärme in seinem Herzen spürte war schon lange her. Der Mann im abgetragenen Flanellhemd ließ sich von der Dame um den Finger wickeln.

Zusammen verließen sie das Casino und brachen in die Abenddämmerung von Las Vegas auf.

War er wieder jemand?

Mit dem frisch rasierten Gesicht, dem neuen protzigen Anzug und dem riesigen Bündel Geld in der Brusttasche? Viele Fragen gingen ihm durch den Kopf. Doch die gespielte Zuneigung Goldies und der viele Schnaps machten seinen Gedankenapparat funktionslos.

Ein perfektes Paar schienen sie zu sein. Der adrette Anzugträger und die top gestylte Frau an seiner Seite. Zudem gesellten sich noch weitere feierlaunige Gäste hinzu. In der gemieteten Limousine fand eine eigen kleine Orgie statt. Alkohol, Drogen und Sex. Und mittendrin er. All der Spaß auf seine Kosten, die er ohne große Mühen jetzt zahlen konnte. Doch er war nicht glücklicher als zuvor.

Er spürte nichts. Der Alkohol machte ihn nüchtern. Einzig lag das große Geldbündel ihm schwer auf dem Herzen. Der Mann im Anzug nahm nochmal einen großen Schluck aus der Wodkaflasche.

Ab da war alles schwarz.

Nur die Antwort auf seine Frage leuchtete vor ihm auf:

Nein!
Er war nur etwas...

5. Einfachheit

„Ich hätte gern diese 3 Hemden, die Hose und den Wanderrucksack hier. Könnten Sie mich noch bei den Wanderstiefeln beraten. Da kenne ich mich nicht aus.", bat die raue Stimme des verwahrlosten Mannes den sichtlich irritierten Verkäufer. Der Warenwert überstieg bisher den Einkünften eines Obdachlosen um Längen. Dennoch ging er mit ihm zum Regal mit Stiefeln.

„Wofür benötigen Sie denn die Schuhe. Für das Wandern auf Bergen? Die Arbeit ? Oder nur zum Campen?", erfragte sich der Verkäufer in der Hoffnung noch mehr von seinem komischen Kunden zu erfahren.

„Ich denke für das Leben an sich. Die Schuhe sollen nicht nur Mittel zum Zweck sein. Sie sollen der Zweck an sich sein, dass ich Dinge tue.", erwiderte er mit leichter Stimme.

Der Blick des Verkäufers verriet, dass er nicht mit dieser philosophischen Antwort klar kam. Nach kurzer Findungsphase griff er zu einem paar All-Terrain Schuhen und reichte sie dem Mann.

„Hier, damit kann man auf allen Untergründen komfortabel laufen. Die weichen auch nicht so schnell durch und halten die Kälte eine Weile zurück."

Der Mann setzte sich auf einen Stuhl und zog seine Schuhe aus. Eine unerträglicher Geruch trat in dem Raum auf. Die Socken waren durchlöchert, sowie die

Unterseite seiner ehemaligen Lederslipper auch.

„Hier ziehen Sie noch diese Wandersocken an. Die sind wichtig, damit Sie auch wissen, ob der Schuh passt.", intervenierte er den Obdachlosen, da er verhindern wollte, dass er sein teures Paar Stiefel nach dem Anprobieren wegwerfen musste. Er konnte Sie danach keinem seiner Kunden mehr zumuten. Der Obdachlose, bedankte sich und probierte die Schuhe an. Sie passten wie angegossen. „Die nehme ich. Ist es in Ordnung wenn ich sie gleich anbehalte?"

„Nein, das geht nicht. Ich muss sie ja noch einscannen und abkassieren.", log er ihm ins Gesicht. Natürlich wäre das möglich gewesen. Genau so etwas hat der junge Verkäufer noch beim Kunden zuvor gemacht. Aber die Angst war immer noch da, dass dieser seltsame Mann überhaupt zahlen konnte. Also zog er die Schuhe wieder aus und reichte sie dem Verkäufer, der sie aufgrund des Ekels nur mit dem Zeigefinger und Daumen zur Kasse trug.

Inzwischen schon genervt wollte der junge Mann wissen, ob das alles sei. Er wollte endlich wieder mit richtigen Kunden, um richtiges Geld, über richtige Einkäufe sprechen. Der zerzauste Mann bejahte die Frage. Der Verkäufer scannte die Waren ein und gab die Summe mit einer sarkastischen Stimme zum Besten, da er immer noch nicht glaubte, dass dieser Mann das alles bezahlen konnte.

„360 Dollar? Hier nehmen Sie 400. Der Rest ist Trinkgeld. Als Entschädigung, dass Sie sich mit mir herumzuquälen mussten." Der Mann grinste dem Verkäufer zu und hob ihm einen 500 Dollar – Schein hin. Innerlich dankte er ihm für den geerbten Neuanfang.

Dem Verkäufer war das alles sehr peinlich. Zudem schämte er sich gewaltig, dass er eine Person nur aufgrund seiner Erscheinung als minderwertig einordnete. Während des Kassierens würdigte der Verkäufer dem Mann keinen Blick. Zu sehr war er mit der Schande beschäftigt.

„Quäle dich nicht, junger Mann. Es ist nicht allzu lange her, da dachte ich genauso über die Menschen. Schau mich an. Ich bin weitaus älter als du. Du kannst noch viel lernen. Wenn du heute etwas mitgenommen hast und es später deinen Nachkommen weitergibst, dann ist die Welt schon einen Ticken besser." Der Mann packte seine Sachen und das Wechselgeld in seinen Rucksack und strahlte die ganze Zeit. Nicht wegen des Fauxpas des Verkäufers. Er freute sich.

Er freute sich, dass dieser junge verwirrte Mann vielleicht etwas gelernt hat. Ebenfalls konnte er just in diesem Moment seine Einfachheit verbreiten.

„Weißt du, mein Freund. Das Leben ist nur so kompliziert wie man es sich macht. Ich bin ein Mensch, so wie du. Also trennt uns nicht voneinander.", ertönte die raue Stimme mit sanftem Unterton zum Abschluss dieses Ereignisses. Der Mann drehte sich um und ging aus dem Laden. Der junge Verkäufer stand noch ein Weilchen ungläubig da und dachte über sein heutiges Erlebnis nach.

4. Tiefpunkt

Es regnet. Der Himmel weint um einen weiteren Menschen.

Zwei Menschen stehen vor einem Grab. Einer davon erfüllt nur seinen Job.

Der andere steht im ausgefransten und dreckigen Anzug aus seinem früheren Lebenn da. Regungslos lauscht er den letzten Worten, die der Pfarrer spricht.

Der trauernde Mann geht in sich und verabschiedet sich in leisem Gedenken von seiner Bekanntschaft.

„Lange Zeit ist nun vergangen. Seit unsere ersten Begegnung, waren wir stets Gefährten. Tag für Tag, setzten wir uns abends auf die Parkbank, die in jener Nacht nur uns gehörte. An jenem Morgen gehörte uns der Sonnenaufgang. Fast schon die ganze Welt.

Der Zusammenbruch meiner Welt öffnete mir ein Tor in eine neue, langsamere und vielleicht auch entspanntere Lebensführung. Unsere einzige Aufgabe war es den Tag mit ein paar Einnahmen über die Bühne zu bringen.

Morgen? Ist schon verdammt lang her.

Du wurdest zu meinem einzigen richtigen Freund. Du erklärtest mir das Leben, die Menschen und Träume ganz neu. Du sagtest immer, dass die Menschen von Grund auf schöne

Wesen seien. Doch andere Menschen machen sie hässlich.

Du alter weiser Mann. Wusstest einfach so viel über Philosophie.

Oft zitiertest du, irgendwelche alten Männer von denen ich noch nie gehört hatte. Aber all deine Weisheiten gaben mir einen neuen Grund bei dir zu bleiben und nicht in mein Leben zurückzukehren.

Träume waren für dich immer erreichbare Ziele.

Ab und zu war ich neidisch, dass du schon 20 Jahre in dieser Stadt, am immer gleichen Ort, gelebt hast. Und ich dich erst seit kurzem kannte. Aber mein damaliges Ich, hätte dich wahrscheinlich eh nicht beachtet. Wahrscheinlich sogar verachtet.

Früher war ich ein Arsch. Aber was bin ich heute?

Ein Lumpen, der nach Vodka riecht? Ein altes Auto, das gegen die neuen keine Chance hat? Oder einfach nur noch ein Niemand?

Vielleicht all das oder auch nicht. Ich weiß es auch nicht.

Du hättest mir bestimmt mit einem deiner schlauen Sprüche Licht ins Dunkel bringen können. Aber jetzt schläfst du physisch unter der Erde.

Ich stehe unten in der Nahrungskette. Verkörpere den Boden

Gesellschaft. Unter mir befinden sich nur noch die Toten wie du, die aber gefühlt immer noch über mir rangieren.

Was fange ich jetzt nur noch mit mir an?

Nun steh ich vor deinem Grab. Gähnende Leere bei deiner Beerdigung. Traurig.

Morgen? Das ist heute!"

21. Geld verletzt.

Der Schädel brummt. In seinem Kopf nur noch lückenhafte Erinnerungen.

„Wo bin ich? Was ist gestern Nacht passiert?", dachte er und schaute sich mit noch fast zugekniffenen Augen um. Mit so einem Kater war es noch viel zu früh und viel zu hell zum Aufstehen. Er befand sich im Bett eines luxuriösen Hotels. Da Zimmer war mit viel Gold und extravaganten Designermöbeln ausgestattet. Hin und wieder tauchte eine leere Magnumflasche Champagner auf.

Langsam kam er wieder zur Besinnung. Dann bemerkte er diese Frau neben sich noch schlafend im Bett.

Er weckte sie. Der Frau gefiel dies überhaupt nicht. Ihre Kopfschmerzen schienen noch schlimmer zu sein als die des Mannes.

Sie winkte ab und drehte sich um. Also beschloss er sich unter die Dusche zu stellen, um sich wieder frisch zu fühlen.

Während das Wasser seinen geschundenen Körper hinunterlief verdichteten sich die Lücken der gestrigen Nacht.

Er konnte sich an die Dame, eine Limousine und viel Geld erinnern.

„Oh Scheiße, ich habe ja gestern zehn Millionen gewonnen"

Voller Freude tanzte er im Bad umher und sang rhythmisch: „Keine Geldsorgen mehr. Nie wieder, nie wieder Arbeiten."

Die Welt stand ihm also noch offener als zuvor.

Plötzlich bemerkte er, dass sein schöner geliebter Bart nicht mehr zu sehen war. Was für ein Mann blickte ihn da im Spiegel an?

„Ach, Bärte wachsen wieder nach." , beruhigte er sich selbst.

Nackt streunte der Mann auf der Suche nach seinem Rucksack in der Suite umher. Er fand nichts, außer teure Designerkleidung.

Anzüge, Hemden und sogar auf den Unterhosen prangerte eine Marke. Da es ihm recht frisch war, zog er die Kleidung widerwillig an.

Die Frau im Bett schlief immer noch. Er hatte keine Eile, also ließ er sie in Ruhe. Da der Hunger groß war, wurde der Zimmerservice kontaktiert, um ein üppiges Frühstück bringen zu lassen.

Mit Champagner, Kaviar und anderen edlen Spezialitäten trumpfte das Hotel auf. Von allem war zu viel da. Der Mann bezahlte den Boten mit einem der Hunderter, die er in der Jackentasche des Anzuges gefunden hatte. Geld spielte für ihn keine Rolle mehr.

Vor seinem Festmahl sitzend knabberte er ein wenig an allem. Danach war er satt. Den Rest ließ er wieder wegbringen.

Frisch, gesättigt und angezogen verging ihm die Geduld. Er weckte seine neue Bekanntschaft erneut.

Inzwischen hatte sich ihr Zustand so weit gebessert, dass sie ansprechbar war.

„Guten Morgen, Ehemann" ,lächelte sie ihm zu.

Der Mann kapierte gar nichts.

„Ehemann?", fragte er sie.

„Ja, wir haben doch gestern Nacht geheiratet.", erklärte sie ihm und zeigte auf den mit Brillanten verzierten Ehering.

Er schaute auf seine Hand und sah einen ebenfalls protzigen Ring am Finger. Schockiert wich er zurück, um sich neu zu ordnen.

„Scheiße, ich habe geheiratet? Was mache ich jetzt?"

Er fuhr sich mit den Händen über das rasierte Gesicht. Er fand es eklig. Einfach ungewohnt. Das letzte Mal ohne Gesichtsbehaarung war schon lange her.

„Wie lange bin ich eigentlich schon unterwegs?"

Zu lange jedenfalls.

Die Gedanken wurden von der sanften Stimme seiner Ehefrau unterbrochen: „Schatz, fahren wir heute mit dem Auto raus aus der Stadt?"

„Ich habe gar kein Auto hier?", entgegnete er ihr.

Sie musste sich das Lachen verkneifen.

„Du bist so witzig. Am liebsten wäre mir der

Mercedes. Aber du darfst entscheiden." ,zwinkerte die Rothaarige zu und küsste ihn.

Die Verwunderung stieg in ihm hoch. Er stammelte langsam:„Halt, der Mercedes. Was gibt es denn noch?"

Mit nüchterner Stimme ermahnte sie ihn: „Jetzt, tu nicht so dumm. Du hast doch gestern acht oder neun Autos gekauft. Sie stehen alle unten vor dem Hotel."

„Acht, neun Autos? Oh mein Gott! Das kann nicht wahr sein. Die müssen ja ein Vermögen gekostet haben."

Ängstlich fragte er: „Weißt du wie viel Geld eigentlich noch übrig ist?"

Sie deutete an, dass sie es nicht wisse. Aber in dem Koffer auf dem Sofa habe er das ganze restliche Geld getan.

Sofort sprintete er rüber zum Sofa. Auf dem roten Sofa lag ein nobler Metallkoffer. Er war randvoll mit Geldscheinen gefüllt.

Der Mann zählte das Geld.

Als er fertig war mit dem Zählen, fasste er sich fassungslos an den Kopf.

Erwartungsvoll blickte die rothaarige Frau im Bett zu ihm hinüber..

Sie wollte eine Reaktion von ihm haben.

„Zwei Millionen sind noch da.", beichtete er ihr. Mit diesem Betrag konnte sie leben.

So viel Geld in einer Nacht verprasst zu haben machte

ihm zu schaffen.

Es fühlte sich seltsam an. Irgendwie wie früher.

Ihm war schlecht. Übelkeit machte sich breit.

Er rannte schnell auf die Toilette.

Der Mann musste brechen. Die Tränen, die durch den Schmerz und den Ekel hervorgerufen wurden, schmeckten bitter.

Er wusch sein Gesicht im Marmorwaschbecken. Im Spiegel sah er sich wieder an.

Es war als würde ihn ein alter Bekannter anschauen. Dennoch war er ihm ein wenig fremd.

Der rasierte Anzugträger begutachtete sich.

Das Ziel war jemand zu sein. Aber diese Person wollte er nicht sein.

Im Wohnzimmer der noblen Suite, rief er erneut den Zimmerservice an. Dieser brachte ihm fünf weiße Umschläge.

Er teilte das restliche Geld unter den Umschlägen auf. Den kleinen Rest steckte er selbst ein. Dann ging er zum Bett an dem seine Ehefrau wartete.

Ernst blickend sprach er zu ihr:

„So, es tut mir Leid. Aber ich liebe dich nicht. Ich weiß nicht mal deinen Namen. Ich schenke dir die Autos als Entschädigung. Ich weiß, ich bin ein schlechtes Wesen, deshalb muss ich fort von dem hier, um wieder zum Menschen zurückzufinden."

Die völlig entgeisterte rothaarige Frau saß regungslos auf dem Bett. Keinen Ton, keine Emotion und keine Anstalten machte sie.

Der Mann zog einen der weißen Umschläge aus seiner Jackentasche und legte ihn an ihre Füße.

Danach verließ er das Hotelzimmer.

Vor dem Hotel orderte er ein Taxi.

„Nach Texas bitte."

18. Der Deal

Ein Raum, zwei Männer.

Der eine steht vor einem protzigen Massivholzschreibtisch. Er ist angespannt. Sein Gegenüber auf der anderen Seite sichtlich entspannt sitzend auf einem schwarzen Ledersessel. Die goldene Pistole, die auf dem Schreibtisch drapiert wurde, verstärkt das flaue Gefühl im Magen des stehenden Bartträgers.

„Freut mich deine Bekanntschaft zu machen. Mein Name? Sergio Pereira. Ich bin der Chef dieser Stadt. Und du, Pendejo machst Stress in meiner Bude!", erzürnte er mit finsterer Miene. Er kratzte sich am Kinn und überlegte. Schaute hin und wieder auf die Pistole vor ihm. Der Mann blieb regungslos stehen und schwieg. Er traute sich nicht etwas zu sagen, da er nicht wusste wie dieser griesgrämige Sergio Pereira auf Widerworte reagieren würde. Dieser begann wieder zu reden: „Was wolltest du von dem Mädchen, wenn du sie nicht mal gefickt hast?"

Daraufhin folgte Stille. Wieder wusste er nicht, ob er antworten darf oder nicht. Pereira sprang auf und packte die Waffe und zielt auf sein schweigendes Opfer. Der Mann schloss nur die Augen. Die Angst vor dem Tod war da. Er bangte um sein Leben.

Eigentlich war ihm ein Ableben doch egal. Er hatte

doch niemanden. Also konnte er auch nichts vermissen. Aber seine Reaktion auf den kommenden Tod fühlte sich anders als gedacht. Da war noch etwas, dass nicht beendet war. Vorher wollte er nicht sterben. Der verängstigte Mann machte seine Augen wieder auf, um mit seinem Peiniger zu sprechen.

Inzwischen saß Sergio Pereira wieder ruhig auf seinem Platz. Lachend sprach er: „Gringo, Angst vor dem Tod, nicht? Ein wahrer Mann hätte mit eisernem Blick in meine Augen geschaut. Immerhin hast du sie wieder aufgemacht. Respekt." Wieder Stille. Dem Mann war, als ob sein Mund zugenäht wurde. Er wollte, konnte aber nicht reden. Er wollte Pereira anflehen ihn nicht zu töten. Er hatte doch eine ihm noch unbekannte Mission zu erledigen. Die Worte lagen auf seiner Zunge, aber die Stimme versagte.

„Ich bringe dich hierher. In mein Haus. Und du kleiner Pisser wagst es mich zu verspotten, indem du schweigst?", erzürnte er mit mexikanischem Akzent: „Nenn' mir ein guten Grund warum ich dich nicht hier und jetzt umlegen soll!"

Dem Mann lief es kalt den Rücken hinunter. Er versuchte sich unter dem Druck zu sammeln. Sergio stand auf. Langsam ging er mit einem genügsamen Gang um den Schreibtisch herum. „Und?", fragte Pereira. Der Mann konnte immer noch nichts sagen. Sergio hob die Waffe an das Kinn seines Opfers.

Das trockene Schlucken des Bärtigen bewegte die Waffe. Der Peiniger löste die Sicherung.

„Sprich deine letzten Worte!", schrie er.

Ein leises Klicken erfüllte den stillen Raum. Nichts geschah. Sergio lachte wieder und lief in eine Ecke des Raumes. „Da hatte ja einer Glück. Nicht geladen."

Er nahm ein paar Kugeln aus einem Kästchen hinaus und lud die goldene Pistole. „Der nächste Schuss sitzt. Immer noch totenstille des Mannes.

Sergio kam wieder näher zu seinem Opfer. Er lief an ihm vorbei. Der Mann spürte den Lauf der Waffe an seinem Hinterkopf. Wieder entsicherte Pereira die Waffe.

„Nun war es soweit", dachte er. Er würde sterben. Sein belangloses Leben einfach so ausgelöscht. Ohne Wirkung von dieser Welt zu gehen. Eine Schande in seinen Augen.

„Das wäre doch zu einfach.", witzelte Sergio Pereira und ging wieder zurück auf seinen Platz.

„Ich gebe dir noch eine letzte Chance am Leben zu bleiben. Du musst nicht einmal reden, aber das kannst du ja eh nicht. Also ich denke mir eine Zahl zwischen Eins und Fünf aus. Dann zähle ich bis Drei." , erklärte Sergio. Währenddessen fuchtelte er mit der Waffe hin und her. Dabei zielte sie immer wieder kurz auf den Mann. Jedes Mal zuckte dieser innerlich zusammen.

„Deine Aufgabe: Mit der rechten Hand die Zahl, die ich mir ausgedacht habe zu zeigen.", tippend mit der

Pistole auf seinen eigenen Kopf.

Der Mann nickte, doch die Hoffnung war nicht groß. Auch wenn er die richtige Zahl zeigen würde, könnte Pereira immer noch lügen und ihn einfach töten.

Pereira startete den Countdown.

„Eins"

Die Spannung stieg. Der Mann konnte sich nicht für eine Zahl entscheiden.

„Zwei"

Immer noch keine Zahl in seinem Kopf. Nicht einmal die einfachste Aufgabe konnte er vollbringen. Und nur aufgrund dieses angsteinflößenden Mexikaners.

„Drei! Zeig mir deine Zahl."

Der Mann hob die rechte Hand und streckte zwei Finger in die Luft. Er war sich hundertprozentig sicher, dass er sterben würde. In seinen Gedanken entschuldigte er sich bei allen Menschen, die er enttäuscht hat.

Dann wartete er auf seinen Mörder. Dieser blickte aber nach unten und schmunzelte: „Ich bin ein Ehrenmann. Deine Antwort war richtig. Du darfst leben."

Ein Stein fiel dem Mann vom Herzen. Die Situation war entschärft. Der Klos im Hals lockerte sich. Endlich konnte er wieder reden. „Vielen Dank, Herr Pereira. Darf ich jetzt gehen?", bat der Mann den enttäuschten Mexikaner.

„Du darfst gehen",entgegnete Pereira ihm.

Der Mann ging. Erleichtert und voller neuer

Lebenslust wollte er so schnell wie möglich weg aus diesem Haus. Kurz vor der Tür hielten ihn erneute Worte von Pereira auf: „Warum wolltest du mich eigentlich sprechen?"

„I – Ich, Ich wollte sie bitten das Mädchen frei zu lassen", stotterte der Mann im Flanellhemd auf die Frage. Direkt im Anschluss auf die Antwort hörte man ein lautes Lachen.

Plötzlich platzte Pereira der Kragen. Er schoss wild um sich. Der Mann sprang zu Boden. Das Magazin war leer. Der Wahnsinnige beruhigte sich wieder. Der zusammengekauerte Mann untersuchte seinen Körper. Er wurde nicht getroffen.

„Americano, wir haben einen Deal. Du arbeitest ein wenig für mich, dann bekommst du das Mädchen."

17. Little Pequeña

Er machte sich auf nach Mexiko.

Mit dem Ziel das Temperament und die Kultur dieses aufregenden Landes zu erleben, fuhr er mit dem Bus über die Grenze. Den Pick-Up stellte er in einer gemieteten Garage ab.

Es sollte nur ein kleiner Abstecher werden, bevor er sich zu seinem letzten Ziel an die Ostküste aufmachte. Er war immerhin schon ein ganzes Weilchen unterwegs. Die Zukunft schien klar.

Doch er scheiterte an Mexiko.

Die Falschen Leute, die falsche Frau und das falsche Vorhaben waren sein Verhängnis

Inzwischen lebte er ein gesundes und anständiges Leben. Keine Frauen, keine Drogen und kein Alkohol. Fast schon in einer Art Askese.

Eines Nachts als er mit ein paar Einheimischen am Marktplatz saß und man sich unterhielt, bemerkte er ein junges Mädchen, dass grob von einem dicken Kerl mit Glatze in eine altes verlassenes Haus geschleppt wurde. Ihr Blick war versteinert.

Der Mann stand auf und wollte diesen Gewaltakt unterbinden, doch die Einheimischen hielten ihn sofort auf.

Sie erzählten von Little Pequeña, einer 16- jährigen

Prostituierten. Sie hatte niemanden, sodass sie gezwungen war für Sergio Pereira, einen hiesigen Zuhälter und Drogenboss zu arbeiten. Ihre Eltern starben als sie noch klein war. Es wird gemunkelt, dass Sergio seine Finger im Spiel hatte. Dennoch war sie kein Kind von Traurigkeit. Wenn sie gerade nicht arbeitete, hüpfte sie meist gut gelaunt den Marktplatz entlang, spielte mit den Kinder, tanzte zur Musik der Straßenmusiker oder half den Verkäufern bei einfachen Arbeiten. Ein liebes Kind mit einer tragischen Geschichte.

Der Mann im Flanellhemd musste sich mit der Tatsache zufrieden geben, dass hier eine höhere Gewalt Grausamkeit auf ein unschuldiges Mädchen ausübt.

Die nächsten Tage beschäftigte ihn das Schicksal der Minderjährigen. Beim Mittagessen erfreute er sich an der Lebenslust und am Abend, wenn er mit den Einheimischen zusammensaß, machte ihn das leblose Stück Fleisch fertig.

Er musste etwas ändern. Durch seine Beobachtung wusste er, dass sie dauernd von dem dicken Kerl bewacht wurde. Dieser brachte sie auch immer zu den Treffen mit den Freiern. Also konnte der Mann sich tagsüber nicht mit ihr unterhalten. So buchte er sich Little Pequeña für eine Nacht.

Man sagte ihm, dass er im alten verlassenen Haus warten solle. Nur Barzahlung und mit Kondom waren die einzigen Voraussetzungen. Sonst hätte er alles mit ihr machen dürfen.

Da saß er nun. In einem dreckigen Zimmer mit einem Stuhl und einer alten vergammelten Matratze, die mit einem befleckten Überzug versehen war. Das Fenster vernagelt, damit der Raum von keinem Hoffnungsstrahl erleuchtet wurde. Nur ein halb-funktionierender Kronleuchter mit gelben Birnen brachte Licht ins Dunkel. Es stank. Es stank nach Sperma, Tränen und Schweiß. Ein würdiger Ort für die unwürdigen Handlungen.

Der Wächter trat hinein. Er stellte sie vor den Wartenden hin und verließ den Raum. Die Tür schloss er hinter sich zu. Sofort begann sie sich auszuziehen und kniete sich vor seinen Schoß. Er packte ihre Arme und hielt sie fest. Sie zuckte am ganzen Körper. Die Augen kniff sie zusammen, da sie eine Tracht Prügel erwartete. Er ließ sie wieder los. Verdutzt riss sie die Augen auf. Der Mann lächelte und fing an ihr zu erläutern, dass er nicht für Sex hier sei. Little Pequeña wusste nicht damit umzugehen. Also startete sie einen weiteren Versuch an den Intimbereich des Mannes zu gelangen. Sie hatte einfach Angst, dass sie Ärger von Sergio bekommt, wenn sie die Kunden nicht befriedigt. Der Mann sprangt deshalb schnell auf. Mit deutlicher Stimme versuchte er nochmals zu betonen, dass er nicht für Geschlechtsverkehr hier sei. Ihre leeren Augen blickten ihn verwirrt an. Er verließ das Zimmer, bezahlte den dicken Mann am Eingang und wollte gehen. Dann dreht er sich um und fragte nach Sergio Pereira. Sein Gegenüber lachte und schickte ihn mit einer wischenden Handbewegung nach draußen. Der Mann weigerte sich zu gehen. Er wolle erst mit Sergio reden. Die Glatze packte den widerspenstigen Flanellträger und drohte ihm, als gerade im Moment Sergio Pereira zur Tür eintrat.

Dieser sah den Tumult vor sich. Sofort schoss er den dicken Glatzenträger an, der jammernd zu Boden ging.

Der Mann stand geschockt da. Er bangte um sein Leben. Er wollte Pereira, er hatte Pereira.

Doch das war ein wenig zu viel auf ein Mal. Little Pequeña beobachtete die ganze Szene von ihrer dreckigen Liebeshöhle aus.

Der Chef mit der Pistole winkte den bärtigen Mann zu sich. Zögernd näherte er sich, aber die Waffe in der rechten Hand zog ihn fast magisch an. Pereira legte den linken Arm und die Schulter des Ängstlichen Mannes.

Zusammen verließen sie den schäbigen Ort.

22. Der Pick-Up

Eine Garage in Texas.

Ein Aufgebot von Polizeibeamten verhaftet einen Mann im Flanellhemd, als dieser den geparkten Pick-Up in der Garage abholen wollte.

Er wusste nicht wie ihm geschieht. Mit hoher Aggressivität attackierte ihn die Polizei. Niedergestreckt am Boden, versuchte er Gründe dafür zu finden.

Ein Versehen? Die illegalen Handlungen in Mexiko? Oder doch etwas anderes?

Die Handschellen an seinen Gelenken schmerzten.

Der Mann war verzweifelt. Auf keine seiner Fragen bekam er eine Antwort. So wurde er knallhart in das Polizeiauto verfrachtet, obwohl er keine Gegenwehr leistete.

Auf dem Revier stand er dann neben ein paar anderen Männern, die ihm ähnlich sahen in einer Reihe. Er kannte so einen Raum aus den Filmen im Fernsehen. Der Mann wusste genau, dass sie von Personen auf der anderen Seite des Spiegels beobachtet wurden.

Plötzlich ging die Tür auf.

Zwei junge Polizisten kamen hinein. Sie berieten sich noch einmal schnell und führten den Mann dann schließlich ab.

Die anderen Beteiligten atmeten erleichtert auf.

Er konnte es nicht fassen.

Warum ausgerechnet er, in einem kleinen Polizeirevier in Texas eingesperrt war. In einer kleinen Zelle mit vielen anderen.

Der Aufseher sprach kein Wort. Mit niemandem.

Es war widerlich dort. Viele Männer, meistens sehr verlottert gingen pausenlos auf das Loch, dass sie Toilette nannten und erleichterten sich. Es stank nach Fäkalien, Urin und Schweiß. Ein sehr unhygienischer Ort.

Der Mann war ja einiges gewohnt aus seiner Zeit als Obdachloser, doch meistens überdeckte der Rausch die ekligen Gerüche.

Nach und nach wurden weitere Männer in die Zelle gebracht, sodass man sich fast nicht mehr bewegen konnte. Es war fast so wie in einer Diskothek. Eng aneinander rieben sich verschwitzte, stickende Männer. Es fehlten nur die wenigen Frauen, der viele Alkohol und das Blinken der Lichter.

Ab und zu wurde einer von dem Polizeichef aus der Zelle gebeten. Dann holten man tief Luft und versuchte sich schnell ein wenig mehr Platz zu verschaffen. Die größeren Jungs hatten einen einschüchternden Vorteil im Kampf um Freiheit in diesem umzäunten Raum. Der Mann hatte zwar die Statur dazu, aber ohne seinen Bart strahlte er deutlich weniger Dominanz aus.

Dann ertönte sein Name aus dem Mund des Polizeichefs. Er wurde in einen fast noch kleineren grauen Raum mit grauem Tisch und harten Plastikstühlen gebeten.

Der Polizeichef kam herein, doch er war nicht alleine. An seiner Seite war Duke. Dem Mann fiel ein Stein vom Herzen. Endlich jemand den er kannte. Eine Person, die mit ihm redete.

Der Mann begann sofort damit mit Duke reden zu wollen, aber der Polizist verbot ihm das Wort. Sie gingen seine Personalien durch. Danach wurde er zu den letzten Monaten ausgefragt. Er erzählte brav die Geschichten aus Arizona, Texas und Las Vegas.

Die Ereignisse in Mexiko umriss er nur weitläufig. Er wollte sich nicht sein eigenes Grab schaufeln.

Während der gesamten Befragung schwieg Duke und hörte sich die abenteuerlichen Erlebnisse des Mannes an.

Das reichte dem Polizeichef. Er bedankte sich und ließ die alten Bekannten alleine.

Duke atmete schwer. Dann fing er an zu reden: „Ohne deinen Bart hab ich dich fast nicht erkannt. Ist nicht dein Ding. Lass ihn dir wieder wachsen."

Der Mann war fassungslos. Nach der langen Zeit, nach dem Abend in Arizona und der gesamten Polizeigeschichte redet Duke über seinen Bartwuchs.

„Es tut mir Leid, dass ich an dem Abend einfach abgehauen bin. Ich habe die Dinge missverstanden.", entschuldigte sich Duke bei dem Mann.

„Ich habe den Wagen später als gestohlen gemeldet,

als mir das Hotel mitteilte, dass du ihn ausgeliehen hast. Ich musste dich wieder sehen. Das war der einzige Weg."

Der Mann fasste sich fragend an den Kopf. Ein komischer Mensch war dieser Duke. Im einen Moment war er weise und im anderen Moment fast noch ein kleines Kind.

„Duke, kannst du mir noch mal das Bild von deinem Vater zeigen?", fragte der Mann. Mit verwundertem Blick zog Duke das Bild aus seiner Brieftasche. Der Flanellträger nahm es, um es genauer zu betrachten. Jetzt war er sich sicher, dass dies der Obdachlose war. Der Start seiner Reise. Und der Sohn seines verstorbenen Freundes. Der Grund, warum er weitergemacht hatte.

„Darf ich dir etwas anvertrauen mein Junge?"

Duke nickte nur.

„Ich kenne deinen Vater. Er ist ein Freund von mir." , erklärte der Mann dem jungen Burschen. Dieser wurde völlig hysterisch. „Was? Wo ist er? Wie geht es ihm? Sag es mir!", rastete Duke aus.

Der Mann stand auf und legte die Hand auf die Schulter des aufgeregten blonden Jungen. Mit traurigem Blick fing er an zu reden: „ Es tut mir Leid. Er ist von uns gegangen."

Duke fing sofort an zu weinen. Er war noch aufgelöster wie damals am Fluss.

„Dein Vater war der tollste Mensch, den es gab. Er

nahm mich in meiner schwersten Zeit auf. Ohne ihn würde ich heute nicht hier stehen. Er wäre, nein er ist bestimmt stolz auf dich. So einen guten, ehrlichen und reifen Sohn zu haben.."

Der Mann umarmte Duke. Beide weinten einige Minuten eng umschlungen.

Als sich beide wieder gesammelt hatten, verwies der Mann auf den Traum von Dukes Vater und dass dieser der Ursprung seiner Reise war.

Duke habe diesen Traum schon vollendet. Alles was er wollte, war das sein Sohn zu einem guten Mann wurde.

Duke ließ die Anklage fallen. Die Polizei ließ den Mann mitsamt seiner wenigen Besitztümer wieder frei.

Vor dem Revier mitten im Niemandsland von Texas standen sich die zwei gegenüber. Der Mann steckte Duke einen seiner weißen Umschläge zu, umarmte ihn und flüsterte ihm zu: „Mein Sohn, deine Reise ist nun zu Ende. Gehe zurück zu deiner Mutter. Das Glück von euch beiden war ihm am Wichtigsten"

Aus Dankbarkeit schenkte Duke dem Mann im Flanellhemd den Pick-Up seines Vaters.

„Er soll uns drei immer verbinden" , waren seine letzten Worte. Dann drehte er sich um und lief einfach so los.

„Der Junge und sein Vater sind am Ende ihrer Reise. Jetzt muss nur noch ich meine Bestimmung finden"

24. Begegnung

„Ein Tag wie jeder andere", dachte sich der Besitzer der Bar und tauchte, wie es ein Barkeeper macht, seinen Spüllumpen in ein dreckiges und benutztes Tumbler-Glas. Im Hintergrund säuselte, wie fast jeden Abend irgendein junger, vomdurchbruchträumender Musiker seine Liebeslieder im Countrystil fast schon weinend mit virtuosem Gitarrenklimpern ins Mikro. Der talentierte Musiker wird leider von den knarrenden Dielen der Holzverkleidung der Bar und den sich unterhaltenden Gästen übertönt. Er spielt feste weiter und erntet nach jeder Schnulze ein wenig Applaus und belohnt sich und die Gäste mit einem Schluck Bier aus der Flasche mit einem hippen Aufdruck und einem weiteren Song.

Der Großteil der Gäste bediente eine Art Einheitsstil – den des hart arbeitenden Arbeiters aus der Siedlung. Menschen aus der Siedlung waren nicht besonders redefreudig, außer nach 3-8 Bier oder 4 Whiskey. Dann redeten sie über die Chefs ihrer Konzerne, die ihnen das täglich Brot ermöglichen, schlecht und verunglimpfen ihren Erfolg und den Fleiß, den sie in ihr Leben gesteckt haben. Sie hätten ja nie die Chance gehabt höher aufzusteigen. Vornherein war ihnen ein Arbeitsplatz in einem riesigen Bürokomplex mit Box an Box – Arbeitsplatz, 24 Tage Urlaub und ordentliches Weihnachtsgeld bestimmt.

Ab und zu verirrt sich ein abenteuerlustiger Backpacker in die Bar, der sich den Weg zu dem nächsten Szenelokal oder der Jugendherberge erfragt. Der Besitzer zieht dann immer einmal an der linken Seite seines Schnauzers und beantwortet so gut er kann die Fragen der Reisenden. Nur selten bestellen sie etwas, aber nett bedanken tun sie sich immer.

Der Laden sieht auch nicht besonders einladend für Fremde aus. Zwar mit Charme, aber nur wenn man auch den Charme alter Bahnhofstoiletten anerkennt. Dreckig, aber dem Zweck entsprechend.

Aber dieser Tag sollte nicht wie jeder sein...

Plötzlich tritt er in die Bar.

Er passt nicht hierher und das weiß er. Man spürt, dass es ihm egal ist. Er ist ein Hüne, bärtig und trägt ein kariertes Hemd. Holzfäller oder Hipster? Man kann es nicht so genau sagen. Er tritt in Richtung Barkeeper und hat ein Riesending. Er packt es aus, klatscht es auf den Tresen – Eine Axt.

Neben ihm ein hübsche blonde Frau in den Mittzwanzigern. Sie kommt offensichtlich nicht aus der Siedlung, Backpackerin ist sie nicht, aber sie strahlt die Aura einer Reisenden aus. Gedanklich ist sie weit weg, ebenso ist ihr Körper weit weg von Freiheit.

„Sind sie Prostituierte?", fragt der offensichtlich

holzfällende Hipster, der sich neben sie an die Bar gesetzt hat. „Lad' mich auf 'nen Drink ein, dann findest du es heraus.", entgegnet sie ihm mit einem kessen Blick und leicht verschmitztem Lächeln. Er nimmt mit dem Barkeeper, der die ganze Szenerie fast schon abwesend im Blick hat, Blickkontakt auf. „Ein Drink für die Dame, bitte." Seine Stimme hatte einen rauen Unterton, dennoch merkte man ihm etwas Liebes an. In seinem Blick, Mimik und Gestik, die untypisch für solche Männer sind, sah man die Sehnsucht. Die Sehnsucht nach was genau? Man konnte zwar in ihm lesen, aber es war wie in einer anderen Sprache geschrieben.

„Hey, Fremder.", entgegnete ihm der Barkeeper. „Du kommst doch nicht von hier?" und gab der Frau ihren versprochenen Drink. Der Hüne drehte sich zur Seite, steckte sich eine Zigarette an und schaute der Frau in die Augen.

„Ich bin nirgends zu Hause."

Er nahm einen lange Zug und atmete langsam den Rauch aus. Die Frau schien sichtlich interessiert an dem geheimnisvollen Fremden.

„Nein", sagte sie. Der Mann schaute sie fragend an. „Du hast doch gefragt, ob ich

Prostituierte bin. Nein, bin ich nicht."

Die gefühlvolle Aura des Mannes schwang plötzlich um und spiegelte sich in einem leeren Ausdruck in seinem doch sehr kargen Gesicht wider, das irgendwie nur durch seinen Vollbart zusammengehalten wurde. Er wendet sich ab und stürzt einen zuvor georderten Whiskey runter. Er verzieht keine Miene. Was ist, im Bruchteil einer Sekunde, nur mit ihm passiert?

„Ich halte Ausschau nach dem richtigen Mann. So ein Bürohengst, der genug Verbindungen hat, damit es mit meiner Karriere als Schauspielerin klappt." Damit versuchte die Blondine wieder ins Gespräch mit dem bärtigen Holzfäller zu kommen. Er blickte verdutzt. Vermutlich hat er nicht erwartet,dass sie ihn anspricht. Er sagte nichts.

„Weißt du, ich bin fast jeden Tag hier. Wenn mir einer von diesen Anzugträgern gefällt, nehme ich ihn mit. Bisher war aber noch nicht der richtige hier. Alles nur kleine Haie im großen Teich." Sie nippt an ihrem Röhrchen und hält den Blick fest auf ihn gerichtet. Fast schon wie ein Großwildjäger, der durch das Zielfernrohr seines Gewehres blickt, nur um seine ahnungslose Beute nicht aus den Augen zu verlieren.

„Was machst du von Beruf?"

Er richtete sich auf nahm seine Axt in die Hand und erzählte mit leichtem Lächeln. „Ich bin Axtmörder, ähm Holzfäller von Beruf."

Sie lachte, da ihr dieser vermeintliche Witz sehr imponierte. Der Barkeeper wurde hellhörig, da der

Holzfäller nervös wirkt. Hat er sich versprochen? Oder ist er wie wahrscheinlich jeder Mann, wenn er mit einer attraktiven Blondine redete, einfach nur extrem aufgeregt?

Der Musiker setzte zu seinem Finale an.

„Vielen Dank für den Abend, Leute. Jetzt spiele ich meine letzten zwei Nummern. Die sind bisschen rockiger!", quietschte er mit einem leicht heulenden Singsang in seiner Tonlage. Die gesamte Atmosphäre wurde lauter. Die Musik, der Gesang und auch die Gäste, die wahrlich nicht an dieser abgemagerten halben Portion und seinen Liedern interessiert waren. Der Holzfäller und die Blondine unterhielten sich intensiv. Er war immer noch ausdruckslos, aber sie lächelte ununterbrochen. Der Barkeeper konnte nichts mehr verstehen und machte sich leicht Sorgen um seinen Stammgast; schrubbte nichtsdestotrotz weiter Gläser und schenkte Getränke an die jetzt schon halbbetrunkenen Anzugträger aus.

Der Bärtige flüsterte dem Model etwas ins Ohr. Sie nahm ihre Handtasche, er seine Axt. Die Musik verstummte. Der Auftritt war zu Ende. Das eigenartige Pärchen verließ die Bar rasch.

Am nächsten Abend tauchte der Barkeeper, wie es ein Barkeeper macht, seinen Spüllumpen in ein dreckiges und benutztes Tumbler-Glas. Im Hintergrund säuselte heute die Jukebox Klassiker aus den 70er und 80er vor sich hin. Da man die Jukebox lauter und leiser machen konnte, wurde die Musik nicht von den knarrenden Dielen oder den Gesprächen der Gäste übertönt. Die Gleichen Gäste wie immer, nur das blonde Mädchen fehlte. Er zog an der rechten Seite seines Schnauzers „Man soll, wohl doch ein Buch nach seinem Einband beurteilen", murmelt er mit einer fast schon geistesabwesenden Stimme in die Leere. Er wiederholt und wiederholt sich.

27. Gedanken

„Alkohol und Frauen sind des Mannes schwerste Probleme"

Wir sind schon eine paar Wochen unterwegs. Ich denke gerne an den Abend zurück an dem ich sie zum ersten Mal sah in dieser abgewrackten Spelunke. Bevor ich sie traf, kam in Gesellschaft Reisen, geschweige denn Leben nie in Frage.

Sie stand da, am Tresen, ganz allein. Ich stellte mich neben sie, bemerkte sie zwar, aber an diesem Abend wollte ich nur meine Probleme mit Alkohol begießen. Zum Glück sprach sie mich an. In solchen Dingen bin ich nicht besonders geschickt, liegt wohl an meinem Talent Dinge zu verbocken.

Sie blickte mich mit großen Augen an. Ihre Augen funkelten in einem Blau, dass ich zuvor noch nie gesehen hab. Kein Strand der Welt hat so ein schönes Blau, das sich an ihn schmiegt. Mann, hatte ich ein Glück. Trotz der Schönheit ihrer Iris, sah ich dahinter ins Leere. Ich sah Dunkelheit, Schmerz, Trauer und Einsamkeit. So wie wenn ein schöner Fluss normalerweise in einen anmutigen Wasserfall aufgehen sollte, aber stattdessen in ein dunkles Loch abläuft.

Sie hatte Probleme, man konnte sie ihr ansehen.

Gekleidet wie ein Flittchen lungerte sie in dieser Bar herum. Kein zufriedenes anständiges Mädchen hält sich um diese Uhrzeit, an diesem Tag in diesem Milieu auf. Nein, in solchen Schuppen gab es nur depressive Menschen, die aus dem Morast ihres traurigen Lebens nicht entfliehen konnten oder wollten. Ein Haufen von prokrastinierenden Individuen, die sich nicht mehr zutrauten, aber mehr wollten, verstecken sich hinter Ausreden, dass die Gesellschaft Schuld sei und die Oberen sie unterdrücken. Man habe ja keine Chance. Ich weiß wovon ich rede, ich gehörte bis zu diesem Abend zu ihnen.

Nun da stand sie. Eine weiße Taube im Meer der schwarzen Krähen. Und sie sprach ausgerechnet mich an. Was konnte ich schon vorweisen. Mein Aussehen war es bestimmt nicht. Mein unansehnliches Gesicht glücklicherweise von meinem starken Bartwuchs verdeckt. Das große Geld sieht man mir auch nicht an. Ich habe drei Hemden. Alle sind sie kariert und aus Flanell. Mehr Arbeit als Geschmack.

Mir wurde immer gesagt, man solle nett zu den Menschen sein. Also lud ich sie auf ein Getränk ein, blieb aber weiterhin stumm. Ich rede nur, wenn ich es für wichtig halte. Viele Worte lenken nur von einer inhaltslosen Aussage ab. Ich wollte eifrig mein Getränk hinunterstürzen, um schnell gehen zu können. Diese Frau machte mich einfach nervös. Sie und der Rest der Szenerie sollten nicht erfahren, dass ich ein Versager in allen Belangen bin. Doch plötzlich fing sie an über ihr Leben zu reden. Sie wollte raus aus dem Kaff und hinein in die große Welt. Sie wollte ein Star sein, von jedem geliebt und vergöttert. Doch allein schaffe sie den Durchbruch nie, meinte sie. Sie wollte einen erfolgreichen Mann verführen, um Beziehungen zu bekommen. Es gab leider in diesem Laden keinen reichen Mann und es würde nie einer kommen. Dieser Traum für sie war nur eine Flucht vor der Realität. Sie ist hübsch und könnte es schaffen. Aber die Welt der Stars war nicht ihre. Sie ist zu einfach, zu lieb und zu bescheiden. In der hinterhältigen und intrigantischen Szene würde sie doch nur ausgenutzt werden.

In mir baute sich ein Verlangen nach dieser Frau auf. Kein sexuelles Verlangen. Es war anders, anders als bei den vielen anderen Frauen auf meinem Weg. Ich wollte sie nicht nur ausziehen und später nackt auf dem Boden zurücklassen und ohne eines Blickes weiterziehen. Sie war etwas Besonderes. Es war so, als flüsterte mir eine kleine Stimme heimlich ins Ohr, dass ich sie mitnehmen soll; sie retten muss.

Ich packte all meinen Mut zusammen und fing an auf ihr Gerede einzugehen. Es zahlte sich aus. Wir fingen an intensiv miteinander zu reden. Es war schön. Unendlich lang kam mir diese Konversation, dieser Abend, dieses Gefühl und ihre Schönheit vor. Doch alles war nur von kurzer Dauer.

Sie meinte, sie müsse zum Bus, da sonst keiner mehr in die Stadt fuhr. Was sollte ich tun? Es war der letzte Abend in diesem Kaff, mein einziger. Morgen ging die Reise weiter. Ich kannte dieses atemberaubende Geschöpf erst ein paar Stunden, also gar nicht.

- Vor ein paar Tagen zeigte sie mir, wie mein Blick an diesem Abend, in diesem Moment war. Ich schaute emotionslos, wie ein trauriger Hund, wenn sein Herrchen in die Arbeit gehen muss und er in der Wohnung bleiben soll. Sie benutzt immer solch verrückte Vergleiche -

…Mein Herz raste, alles lief auf Hochtouren. Meine Kopf malte sich tausende Szenarien aus nur nicht das eine, indem ich sie frage, ob sie mit mir komme und sie ja sagt. Ich spürte wie mein Körper innerlich implodierte. Ich bestellte noch einen Whisky, um meinen Kopf wieder klar zu machen. Ich stürzte den Whiskey hinunter. Der angetrunkene Mut des Abends half mir in keinster Weise weiter. Sie musste jetzt gehen...

„Ich bin zwar nicht reich an Geld, aber reich an Liebe."

26. Der Morgen danach

Zwei sich vollkommen fremde Personen liegen in einem kleinen Bett in einer winzigen Wohnung. Der Tag erhellt das Zimmer. Sie verbindet nur der gestrige Akt. Nicht mehr und nicht weniger. Durch die eindringenden Sonnenstrahlen wacht der männliche Part des Duos auf. Er blickt langsam nach links und sieht seine schöne Partnerin. Sie ist noch genauso bezaubernd wie gestern Abend. Innerlich atmet er auf.

Eigentlich ist er nicht der schönste Mann auf Erden, aber wie jeder Mensch hat auch er ein gewissen Sinn für Ästhetik. *„Komisch muss es ausgesehen haben"*, denkt er. Die kleine süße Blondine und ein alter bärtiger Haufen Fleisch, nur am Leben gehalten durch eine Reise ohne Antworten. Er wusste immer noch nicht wer er sein will.

So schön der gestrige Abend war, kann er nicht bleiben. Er muss weiter. Weiter planlos durch Amerika reisen, um an einem anderen Ort ein Niemand zu sein.

„Verdammt! Sie liegt auf meinem Arm"

Mit übertriebener Vorsicht versucht er den Kopf mit ihrem lieblichen Gesicht anzuheben, damit er seine eingeklemmte Hand herausziehen kann. Mehr schlecht als recht gelingt ihm das. Dennoch erwachte sie nicht aus ihrem tiefen Schlaf.

Ebenso still zieht er sich wieder an. Die alte Jeans und das ausgewaschene Flanellhemd, die seit jeher seine treuen Begleiter sind übergestreift, blickt er noch ein letztes Mal zurück. Zurück auf die spannende und reizende Blondine mit den blauen Augen und dem makellosen weißen Körper. Just in diesem Moment öffnen sich die Augen seiner nächtlichen Bekanntschaft. Mit ihrem müden, leicht verträumten Blick schaut sie den bärtigen Mann an.

„*Oh Shit! Was mach ich jetzt?*", kreiste es in seinem Kopf herum. Schlafende Frauen kann er einfach so zurücklassen. Er habe ihr ja gestern Abend noch gesagt, dass er sie nur beglücken wird und dann so liegen lassen würde.

Doch da waren die Hemmungen. Eindach so zu gehen. Ohne ein Wort,? Ohne eine Abschiedsgeste?

Der Morgen danach hat eine komische Atmosphäre.

Sex bringt Menschen zusammen und entfernt sie dann wieder voneinander. Die beteiligten Personen wussten das im Normalfall, doch meist baute mindestens eine Person Emotionen auf.

Sie grinste ihn an. Ein strahlendes Lächeln blendete ihn förmlich. Da war es ihm klar. Er war nicht die Person, die sich verliebt hatte.

Trotz alledem gab ihm dieses naive Mädchen eine wohltuende Wärme, wie schon lange nicht mehr.

„Wo willst du denn hin?", fragte sie mit infantiler Stimme, obwohl sie eigentlich alt genug war, um die Beweggründe des Mannes zu kennen.

Er wollte gehen, konnte aber nicht. Diese Frau ließ ihn nicht los.

„Ich muss Zeit gewinnen."

Der Mann fuhr sich mit den Händen übers Gesicht. In diesem Vorort bleiben war kein Option, aber ihr direkt sagen, dass er sie verlassen muss auch nicht. Die Blondine einfach so zurücklassen, konnte er nicht übers Herz bringen. Die hübsche Frau lag immer noch gespannt im Bett und wartete auf eine Antwort ihres Liebhabers. Leicht stotternd und mit wenig Überzeugung erklärte er ihr, dass er Frühstück holen wolle.

Mit dieser Aussage war sie zufrieden. Sie warf ihm einen Kuss zu und streckte sich. Er verließ mit flauem Gefühl die Wohnung.

Während er in der Schlange des Bäckers stand, dachte er so über die Reise nach. Vieles hat er erlebt. Er war Holzfäller, Cowboy und Lakai eines Drogenbosses. Zudem hatte er einige Frauen getroffen mit denen er intim wurde. Doch keine war für ihn bestimmt. Er merkte das immer schnell. Oft schon beim eigentlichen Akt selbst. Die Körper fühlten sich nicht gegenseitig. So hätte es Duke wahrscheinlich ausgedrückt. Jedenfalls war er nicht mehr der Selbe wie zu Beginn seiner Reise, doch er war er auch noch nicht.

„Ich hatte alles und nichts. Aber die Liebe einer Frau? Das

gab es noch nie."

Vielleicht war dies ja die Antwort auf die Frage nach seiner Reise. Jemand zu finden, der ihn vervollständigt.

Er klingelte mit ein paar Brötchen, Kaffee und etwas Obst am Eingang des Mehrparteienhauses. Ein glückliches Quieken ertönte durch die Sprechanlage. Als sie ihm die Tür öffnete war seine Verwirrung groß. Neben der gerichteten Blondine standen zwei schwarze Taschen, die mit Kleidung und sonstigen notwendigen Utensilien, wie Zahnbürste und Hygieneartikel vollgepackt waren. Sein fragender Blick wurde sofort erhört.

„Alleine Reisen ist doch traurig. Ich komm mit dir mit.", warf sie ihm mit großem Selbstvertrauen ins Gesicht.

Kurze Stille. Er wusste nicht was er sagen soll.

„Natürlich nur, wenn du auch wirklich willst.", brachte sie nun mit leicht verzweifeltem Gesichtsausdruck raus.

„Ja!"

25. Die Nacht

Das neu zusammengefundene seltsame Paar kam in ihre Wohnung. Er war ein unansehnlicher Mann mit Bart, löchrigen Jeans und abgetragenem Flanellhemd. Sie eine attraktive junge Blondine.

Er war ein wenig angeheitert und sie bereit.

„Deine Wohnung ist sehr schön.", schleimte der Mann.

In der 1 – Zimmer Wohnung mit Balkon hingen viele selbst geschossene Fotografien von Tieren und der Natur. Ab und an kam ein Porträtbild von ihr zum Vorschein. Ihr verstreuter Blick auf den Fotos suggerierte Chaos.

Auf den Bildern fühlte man ihre ausbrechenden Gedankenwünsche förmlich.

Die Portraits widersprachen der idyllischen Stimmung der Landschaftsbilder.

Außer der Bildern gab es sonst nicht viel in ihrer Wohnung. Ein paar Modezeitschriften lagen neben ihrem Bett. Ein Sofa kam aufgrund von Platzmangels gar nicht in Frage. Dafür hatte sie zwei Stühle vom Sperrmüll restauriert und einen kleinen Plastiktisch.

In einer Ecke des Raumes war ein Berg Klamotten ohne System neben einer alten Kommode platziert. Die kleine Einbauküche wirkte unbenutzt, fast schon steril. Alles in allem war der heimische Ort, eher Ausdruck einer Persönlichkeit mit einer Geschichte.

„Danke, hätte ich gewusst, dass ich Besuch bekomme, hätte ich ein wenig aufgeräumt.", entgegnete sie dem Mann mit geschmeicheltem Lächeln auf den Lippen.

„Weißt du, normalerweise nehme ich niemand mit in meine Wohnung." Natürlich eine offensichtliche Lüge. Sie wollte einfach nicht billig wirken. Er übersah die Unwahrheit und trat weiter in die Wohnung. Er blieb an einem Bild von ihr hängen. Sie schrie darauf und der Mascara lief ihre Wangen hinunter. Der Hintergrund war schwarz. Sehr düster, sehr emotional, sehr traurig.

„Das war ein altes Projekt. Da war ich noch jung, naiv und unerfahren. Heute weiß, ich was Mann will."

Sie zwinkerte ihm zu. Sie fing an von hinten seinen großen Körper zu umgreifen. Ihre Hände streichelten seine Brust. Er ließ es zu, erwiderte aber nichts. Seine Augen blieben auf dem Bild kleben.

„Projekt? Was für ein Projekt? Bist du Fotografin?"

„Das ist doch egal, ich will dich jetzt.", fuhr sie mit energisch erregter Stimme mit ihren Händen hinunter in seinen Intimbereich. Er hielt ihre Hände fest, drehte sich um und gab ihr einen Kuss auf die Stirn. Dann schubste er sie mit einem Ruck auf das Bett.

Dort lag sie nun, willenlos und bereit für alle Schandtaten. Ihr

blondes Haar war zerzaust und gab ihr einen verruchten Touch.

Die Frau hob ihre rechte Hand und signalisierte mit einem lasziven Fingerspiel, dass der Mann zu ihr ans Bett kommen soll. Sie biss sich auf die Lippe und streifte mit der linken Hand langsam über ihren recht schlanken Körper.

„Und was dann? Dann gehe ich einfach morgen früh?", tötete er mit markanter Stimme die erotische Stimmung. „Dann ist es so, als ob es uns nie gab? Wir beide vereint, dann doch allein danach?"

Sichtlich geschockt stand sie auf und schwankte zu ihm hinüber. Die Hand auf der männlichen Brust. Mit der anderen griff sie zwischen seine Beine. „Das ist es doch was du wolltest oder? Ich bin doch nur eine weitere Schlampe für dich Reisenden." Ihre erregte Miene wandelte sich zu einer ernsten. Sie wandte sich ab, saß auf einen der Stühle und zündete sich eine Zigarette an. „Geh, geh einfach. Ich brauch dich nicht!", schrie sie mit weinerlicher Stimme.

Er setzte sich neben sie und schwieg. Beide saßen ein Weilchen stumm nebeneinander. Ab und zu vernahm man ein Schluchzen ihrerseits, doch sie versuchte ihre Trauer so gut es ging zu unterdrücken.

„Wa – Was, was machst du noch hier? Findest du mich nicht attraktiv oder bist du schwul? , kam zögernd über ihre Lippen.

„Weißt du, ich kann einfach nicht mehr." Er machte eine Pause, um dem dramatischen Monolog noch mehr

Spannung zu verleihen. „Ich möchte das nicht mehr. Ich war mal verheiratet. Sie hat mich betrogen. Danach hatte ich noch ein paar Frauen, aber das war nichts Halbes und nichts Ganzes. Ich bin es leid, nach der Liebe zu suchen. Es gibt keine Liebe auf dieser Welt. Schau dich doch einfach an.", sie schreckte zurück, doch gespannt wie es weiter geht. Er nimmt eine Zigarette aus ihrer Schachtel.

„Eine nette Frau wird von einem wie mir in einer schäbigen Bar aufgegabelt. Wo ist denn da die Romantik? Die Liebe? Ich kann dir nichts bieten außer ein paar schöne Stunden. Aber du hast doch mehr verdient. Wo ist die Gerechtigkeit? Diejenigen, die dreckig und unfair spielen, gewinnen am Ende. In einer Welt wie dieser haben nette Menschen keine Chance und keine Möglichkeit an der Spitze zu stehen. Ich will nicht mehr so sein. Ich kann es einfach nicht, dich nach dem Akt, nackt vor mir liegen zu lassen. Es wäre einfach nicht gerecht. Und dann fühle ich mich schlecht." Sie presst ihre Lippen auf seine, um ihn stumm zu machen. Er versucht im ersten Moment noch weiter zu reden, doch gibt sich dann hin.

Die Blondine unterbricht den langen Kuss und schaut in Richtung des kleinen Bettes. „Das ist lieb von dir, aber ich möchte es jetzt einfach. Mein Leben lang schlafe ich mit Männern und ihnen gefällt es. Inzwischen erfüllt es mich Männer glücklich zu machen.", redete sie eindringlich auf ihn ein. Sie zieht ihn mit aufs Bett. Er geht widerwillig, aber doch schon interessierter als zuvor mit. Sie zieht sich vor ihm aus. Ihr milchweißer Körper glänzte im eindringenden Mondlicht. Er war fast makellos. Danach zog sie ihn aus. Er ließ es einfach geschehen.

Nun standen sie sich beide gegenüber, nackt. Eine blonde Göttin und ein alter verbrauchter Mann. Eine seltsame Paarung. Er konnte nicht glauben, dass junge Frauen auf ihn stehen würden. Er ist wahrlich nicht charmant, geschweige gut aussehend.

Sie umarmte ihn und küsste seinen gesamten Körper. „Was ist dein Traum?", verhaspelte er sich aufgeregt.

Die Frau blickte ihn an, grinste auf entspannte Weise. In der stürmischen Atmosphäre der unschönen Wohnung, mitsamt dem Chaos, das dort wohnte und den Geschehnissen des Abends war sie nun plötzlich der Ruhepool und sein Fixpunkt. Der Fixpunkt für seine innere Unruhe.

„Heute Nacht ist mein Traum neben dir zu sein. Was morgen ist, weiß ich nicht."

28. Ich, du.

Endlich wieder eine Frau an meiner Seite. Irgendwie habe ich mich ja ein wenig in sie verliebt. Jeden Morgen wenn wir in einem anderen schäbigen Motel aufwachen, bringt sie mich um den Verstand.

Ich bin fast immer vor ihr wach. Dann gehe ich Frühstück holen, um ihr jeden Morgen zu einem schönen zu machen.

Ich wecke sie dann zärtlich mit einem Kuss auf die Stirn. Dann strahlen mich ihre verträumten blauen Augen an. Sie grinst und umarmt mich. Ein schönes Gefühl.

Wir frühstücken im Bett. Krümmel und Flecken sind uns egal, da wir danach eh weiterziehen. Wenn sie dann aufsteht und ich ihren perfekten Körper in dem knappen Top und ihren knackigen Hintern im verführerischen Tanga sehe, drehe ich fast durch. Am liebsten würde ich sie die ganze Zeit...

Aber seit unserer gemeinsamen Nacht ist es kompliziert.

Sie zeigt ihr Interesse an mir. Aber meistens spüre ich keine Liebe. Es ist eher wie ein gemeinsames Zusammensein.

Aber was kann ich auch erwarten?

Wir kennen uns eigentlich überhaupt nicht. Außer unserer körperlichen Beziehung sind wir grundverschieden.

Sie ist hübsch, mein Gesicht ist gerade noch so erträglich.

Sie ist jung, ich bin im Vergleich zu ihr ein alter Sack.

Sie stiehlt jedem im Raum die Show; ich bin auch da.

Sie denkt nicht viel nach, ich vergesse zu Handeln.

Sie will berühmt werden. Und was will ich eigentlich?

Es ist komisch. Komisch was Liebe mit einem Menschen macht.

Dass sie einen veranlassen kann die ganze Welt stehen und liegen zu lassen, um die eine Person glücklich zu machen. Wenn ich recht bedenke, würde ich alles für sie tun.

Und im Moment schaut sie mich schon wieder mit diesem Blick an.

Liebe, Angst, Vertrauen, Sehnsucht, Abhängigkeit, Dankbarkeit, Hass, Freiheitsdenken, Weltschmerz.

All die Gefühle die ich spüre, wenn sie mich so ansieht. Dann weiß ich nicht weiter. Ich werde einfach nicht schlau aus ihr.

Ich bin ja wirklich kein Experte für Frauen, aber normalerweise verstehe ich sie ein wenig. Zumindest sobald wir intim geworden sind.

Oder habe ich mir das immer eingeredet?

Vielleicht bedeutet das auch nur, dass sie die richtige ist?

Die erste Frau, die mich aus der Fassung bringt. Die mich komplett fertig macht, nur durch ihre bloße Anwesenheit.

Sie hat mein Leben einfacher, aber auch schwerer gemacht.

Bald haben wir Hollywood erreicht. Was passiert dann?

Ich hab für sie ein Termin mit einem alten Freund ausgemacht. Er hat eine kleine Castingagentur. Er meinte, dass er mit etwas Talent und Glück eine nicht bezahlte Nebenrolle in einem alternativen Theaterstück klar machen könne.

Ich hoffe sie freut sich darüber. Sie bekommt die Rolle bestimmt.

Dann müsste sie aber in Hollywood bleiben. Ich will eigentlich weiterziehen.

Aber was geschieht dann mit uns?

Wem mach ich etwas vor?

Ich denke schon an ein Wir...

Aber im Endeffekt sind wir beide nicht zusammen.

Wir sind gar nichts.

Ich bin ein „Ich",

Sie ist ein „Du".

Ich, Du.

Mehr nicht...

30. Nicht mehr?

Ein niedergeschlagener Mann sitzt alleine in einer schlecht besuchten Bar in Hollywood. Vor ihm stehen mehrere leere Schnapsgläser. Die Bedienung bringt de nächste Runde Schnaps für den einsamen Mann.

„Was soll ich nun tun?

Wenn ich ihr zu Nahe komme, bringt er einen von uns um. Ich bin so schwach. Diesen schmächtigen Wichser hätte ich doch locker umgehauen.

So bin ich einfach nicht.

Aber jetzt ist er bei ihr. Mit seinen kleinen gierigen Griffeln. Ich mag mir gar nicht vorstellen, was er mit ihr anstellt.

Sie ist doch so unbekümmert. Sie hat sich einfach so ausgezogen.

Ich bin Schuld. Ich hätte ihr zeigen müssen, dass das nicht richtig ist.

Ich bin schwach.

Nur der Starke gewinnt. Nicht Wissen ist Macht, sonder Macht ist Macht. Nicht mehr und nicht weniger.

Und was habe ich. Eine nutzlose Axt, einen alten Schrottwagen und einen Rucksack mit verschiedenen Flanellhemden.

Früher konnte ich mir wenigstens noch Dinge leisten.

Morgen früh muss ich wieder um die nächsten Monate

bangen. Nach den nächsten Runden Klarem bleibt mir nicht mehr viel übrig. Alles hab ich für die süße Blonde ausgegeben, die jetzt in den Fingern eines anderen ist.

Den Alkohol hab ich immer noch nicht im Griff. Ich saufe wie früher. Das Ziel meiner Reise war doch mich zu verändern.

Sieh dich nur an.

Ich trinke, schlafe mit fremden Frauen und denke nur an das Geld.

So lange Zeit verplempert für nichts.

Wir sind nicht mehr.

Kein Paar, keine Freunde und keine Liebenden. Das waren wir noch nie.

Sie ist bei ihm und ich alleine. Das bin ich ja gewohnt. Mein ganzes Leben schon. Alle Personen, die auf meinem Weg mitgehen sterben, verlassen mich oder ich sie.

Wir sind nicht mehr als Bauern auf dem Schachbrett der großen Leute, die sich mit unserem Leid eine Freude machen.

Ist das wirklich der Sinn eines Lebens?

Zufällig Menschen treffen, die für den Bruchteils eines Augenblickes etwas bewirken, um noch schneller wieder zu verschwinden?

Danach ist dann wieder alles beim Alten.

Ahhh! Ich könnte kotzen.

Sie ist für immer weg.

Liebe ist nicht der Schlüssel zum Glück.

Ein Schlüssel ist nur ein Ding, dass gefertigt werden kann,

wenn man genügend Geld hat. Ich brauche Geld.

Geld öffnet Dinge. Dinge öffnen zu können bedeutet Macht.
Und Macht ist gut. Ich brauche Macht, um jemand zu sein."

Er entdeckt neben sich einen Flyer eines Ölkonzernes:
„Gesucht: Arbeiter auf Ölbohrinsel. Viel Geld in kurzer
Zeit!.

31. Noch ist es nicht zu spät...

„Es ist schon verdammt lange her seit diesem einen Tag. Mehrere Monate schon. Ich weiß es schon gar nicht mehr. Die Tage auf der Ölbohrinsel sind lang und hart. Viel Dunkelheit. Immerhin stimmt die Bezahlung und die wenigen Urlaubstage lenken mich auch nicht so sehr von meinem eigenen Leben ab.

Wenn ich drei bis vier Jahre noch so weitermache, habe ich genug Geld angespart, um wieder groß ins Geschäft einsteigen zu können. Investitionen, Investitionen und noch mehr Investitionen. Geld, Autos und schöne Häuser. Das Leben wird wieder rosig für mich sein.

Was haben all die Menschen wohl gemeinsam, die ich auf meiner Reise kennengelernt habe? Alle sind knapp bei Kasse.

Und warum? Weil sie sich um andere kümmern.

Mir können die anderen doch egal sein.

Vor allem Frauen können mir gestohlen bleiben. Pff, Frauen. Von einem Unglück ins andere stürzen sie mich.

Wenn ich wieder Geld habe, dann kauf ich mir eine zu jeder passenden Gelegenheit.

Zum Glück hat dieser Typ sie mir einfach genommen. Mir gedroht sie zu töten, wenn ich nicht die Stadt verlasse. Fast hätte ich mir eine Kugel für sie eingefangen. Wie blöd ich gewesen bin. Und für was?

Sie hatte ja nicht Mal Interesse an mir. Hat sie nach mir gesucht? Sicherlich nicht.

Genug über die Vergangenheit nachgedacht. Ich vergesse

das jetzt besser alles.

Also schauen wir doch was die Klatschblätter so schreiben. Man muss sich ja ein wenig auf dem Laufenden halten.

Boh, was ist das denn?"

Der Mann sieht auf dem Titelblatt der Zeitschrift eine abgemagerte Frau. Es ist die Blondine von damals.

Ihre Augen strahlen nur noch Trauer aus. Auf weiteren Bildern kann man blaue Flecke am Körper der jungen Frau erkennen.

Im Hintergrund steht ihr Freund und Manager Robert.

Die Schlagzeile lautet:

„Wird sie von ihm geschlagen?

Robert D. verneint die Gerüchte. Unter dem Bild steht:

„Wir lieben uns, also warum sollte ich meine Frau schlagen?..."

Der Mann wirft die Zeitschrift vor Wut in die Ecke.

„Quatsch, ich bin einfach gegangen. Ich habe die Frau meines Lebens einfach so zurückgelassen. Und das bei diesem schmierigen Typen.

Ja, der Alkohol und meine eigene Schwäche haben mich wohl wieder um etwas Gutes gebracht. Nein, um das Beste.

Was interessiert mich Geld und andere Dinge. Alles was ich jemals wollte wird jetzt von diesem Arsch kaputt gemacht.

Nein, all die Menschen, die ich auf meiner Reise

kennengelernt habe, haben eines gemeinsam:

Alle haben mit ihrer Art zu leben einen Traum von einer besseren, friedlicheren und schöneren Welt.

Was bin ich für ein Idiot..."

33. Ich und du.

Die Großstadtlichter erhellten die Straßen unter ihm. Einsam und verlassen sitzt er auf dem ramponierten Bett.

Ein kleines altes Hotelzimmer kann er sich hier in Hollywood leisten.

Er wartet. Er wartet schon die ganze Woche. Auf sie.

In einem überlaufenen Café steckte er ihr die Adresse seiner Unterkunft zu. Eine Woche gab er ihr Zeit zu ihm zu kommen.

Sie war abgemagert.

Ihr Schlüsselbein ragte spitz aus dem Top hinaus. Die Augen, die normalerweise strahlten waren nun tot. Ein eisiger lebloser Blick der sonst so lebensfrohen Frau ließen ihn erschaudern.

Das Berühmtsein und ihr neuer Freund bekamen ihr nicht gut. Aber der Ruhm und die Anerkennung blendeten sie. Es war doch der Traum des Mädchens, den sie sich als erwachsene Frau endlich erfüllen konnte.

Auf der Bühne stehen und jemand anderes sein...

Das Treffen dauerte nicht lange. Der Freund schleppte sie von Party zu Party, um mit ihr anzugeben und neue Kontakte zu knüpfen. Vor ein paar Monaten war dieser noch ein armseliger Besitzer einer kleinen Castingagentur. Fast nur pornographische Models. Ab und zu einmal konnte er kleine Statistenrollen in den kleinen Theater der Stadt arrangieren. Und jetzt?

Jetzt hatte er viele Stars unter Vertrag, da er den neuen Stern am Broadway entdeckt hatte. Doch keiner wusste, dass er sie nur ausnützte. Er verkaufte ihren Körper an Produzenten, damit sie die großen Rollen bekam. Ihm war die Seele der Frau egal.

Der Mann ließ sich rücklings in sein Bett fallen. Die Arme verzweifelt über das Gesicht gelegt. Immerhin hatte er ihr den ersten Termin organisiert. Damals dachte er noch anders über ihn. Er konnte ja nicht ahnen, dass Robert eigentlich ein Arschloch ist.

Tränen liefen die Wangen hinunter.

Er liebte sie. Sie ihn aber nicht.

Die erste Frau, die ihn wirklich berührte. Ihr Blick, ihr Lächeln, einfach alles an ihr ließ ihn seine schwere Zeit vergessen. Mit ihrer Naivität zog sie den Mann aus seinem dunklen Loch. An einem Punkt, an dem er nicht mehr wusste, was der Sinn der Reise sein sollte, gab sie ihm einen Anhaltspunkt. Nur mit ihrer selbstbestimmten Mitreise.

Zu dem Weinen gesellte sich ein Lächeln dazu. Der Mann im Flanellhemd musste an die vielen schönen Momente mit ihr denken.

Ohne sie war seine Zeit noch schwerer. Unerträglich war es für ihn.

War das Liebe?

Plötzlich klopfte es an der Tür seines Zimmers. Die Wände waren so dünn, dass er auf dem Gang ein jammerndes Schluchzen hören konnte. Es war eine Frau.

War es sie? Die Aufregung in seiner Brust klopfte stark. Der Mann wischte die Tränen aus dem Gesicht, sammelte sich und ging hinüber zu Tür. Langsam öffnete er das bisschen Holz, das ihn und die unbekannte Person trennte.

Auf dem dreckigen Gang, der mit grauem Teppich verkleidet war, stand ein Häufchen Elend.

Es war sie.

Sie blutete. Ihr hübsches Gesicht war eingeschlagen. Ein großes blaues Auge entstellte sie. Sie weinte.

Trotz ihres Zustands, behielt sie ihre Würde. Mit aufrechtem Stand und gefühllosem Blick wirkte sie unverletzt.

Der Mann stand fassungslos vor der blonden Frau.

„Darf ich reinkommen?", fragte sie und ging sofort an ihm vorbei ohne auf seine Antwort zu warten. Er schloss die Tür hinter sich.

Ihr Anblick verschlug ihm die Sprache.Sie putze sich das Blut mit einem Taschentuch, dass sie mit ihrem Speichel anfeuchtete. Nach und nach wurde das geschundene Gesicht wieder ansehnlicher. Das Blut, der Rotz und das verlaufene Make-Up waren weg.

Er stand nur da und starrte sie an.

Sie redete. Über das Wetter, den Beruf und das sie

Streit mit Robert hatte.

Die Blondine zog ihre Kleidung aus. Nun lag da eine heiße Frau in knapper Unterwäsche in seinem Bett. Sie öffnete ihren Mund: „Kann ich ein Weilchen bei dir unterkommen? Ich glaube Robert braucht ein wenig Zeit für sich."

Die ganze Situation überforderte den Mann. Unterbewusst nickte er ihr zu. Sie sprang auf, bedankte sich und gab ihm einen Kuss auf die Stirn. Danach legte sie sich wieder in das Bett und deckte sich zu.

„Wir reden morgen, okay? Ich und du müssen jetzt zusammenhalten" , murmelte sie in das Kissen und schaltete das kleine Nachtlicht auf dem Nachttisch aus.

Er war perplex.

Was war da gerade geschehen?

Bedächtig glitt er auf den Sessel im Eck des Raumes.

Nur noch die grellen Großstadtlichter lauschten seinen Gedanken:

„Kein Wir, aber ein Ich und du."

23. Frau

Da war sie wieder.

Die kleine dürre Blondine mit den strahlenden blauen Augen und den schönen roten Lippen. In dem blauen Cocktailkleid fiel sie auf; in der schäbigen Bar im Industriegebiet.

Eigentlich gehörte sie nicht hier her. In das Konvolut der Verlierer und des Abschaumes der Straßen.

Sie wuchs in einem kleinen Vorort in der Nähe von Los Angeles auf. Das Leben war nicht einfach. Ihr Vater starb in einem sinnlosen Krieg, als sie noch ein kleines Mädchen war. Die Mutter versuchte sie und die zwei älteren Schwestern mit Gelegenheitsjobs über dem Wasser zu halten. Ab und zu schliefen die erwachsenen Frauen der Familie mit ein paar Männern aus der Nachbarschaft, um ein wenig Geld in die Kassen zu spülen.

Sie hatten nichts, außer sich. Aber das reichte dem Mädchen. Sie ahnte ja damals nichts von der Belastung ihrer Mutter und der großen Schwestern. Als sie 14 Jahre alt war, lernte ihre Mutter Rick kennen.

Rick war ein ehemaliger Trucker, der jetzt als Gabelstaplerfahrer in einem der umliegenden Konzerne arbeitete. Er trank mehr als er verdiente.

Aber ihre Mutter liebte Rick.

Und Rick? Der liebte die gesamte Familie.

Er vergewaltigte nicht nur ihre Schwestern, die schon Volljährig waren, sondern auch das kleine süße Mädchen, dass sie mit 15 noch war. Als sie es ihrer Mutter erzählt hatte, stoß sie nur auf Ablehnung. Man trug eben eine rosarote Brille.

Rick strahlte Stärke aus. Mit seiner Körperbehaarung, den Tattoos und dem männlichen weißen Feinrippunterhemd mit den Flecken war er eben ein richtiger Kerl. Zudem vollendeten der Geruch von Zigaretten, Alkohol und Schweiß den ganzen Mann.

Und so zogen die Jahre weiter. Nach und nach verwandelte sich die liebe Familie in einen Harem für Rick.

Wenn er zu betrunken war und nicht mehr wusste, wo ihre Mutter schlief, nahm er sich einfach eines der anderen Mädchen.

Inzwischen war sie zu einer jungen Frau gereift. Sie war nicht böse auf ihren Vergewaltiger. Eigentlich mochte sie ihn sogar. Er machte ihre Mutter glücklich.

Schon seit ihrer Kindheit wollte sie nur eines: Schauspielerin sein.

Also verließ sie nach dem vergeigten Schulabschluss die Heimatstadt in Richtung Hollywood. Die Reise dauerte nicht lang. Ein paar Städte weiter vertraute sie den falschen Typen, die ihr die falschen Ratschläge gaben. Aber dominante Menschen waren einfach ihre

Schwäche. Selbst denken fiel ihr schwer. So musste sie ausgenutzt, befleckt und beschämt das Kapitel Schauspielerin zu werden beenden. Inzwischen wohnt sie in einem kleinen Ort und lebt das Leben ihrer Mutter.

Mit Call-Girl Jobs und gelegentlicher Prostitution hält sie sich über Wasser und kann sich eine recht kleine 1-Zimmer-Wohnung leisten.

Da war sie wieder.

Die kleine dürre Blondine mit den strahlenden blauen Augen und den schönen roten Lippen. In dem blauen Cocktailkleid fiel sie auf; in der schäbigen Bar im Industriegebiet.

Alles was sie wollte, war ein Mann, der sie Abends in den Arm nimmt. Doch ihre Geschichte ließ es nicht zu, einen lieben und fürsorglichen Partner zu finden.

Wie jeden Tag hielt sie Ausschau nach einem potentiellen Kunden oder dem EINEN.

„Schade, wieder keiner für heute Nacht hier.", dachte sie so in ihren Drink hinein.

Plötzlich ging die Tür der Bar auf.

Und da stand ER...

29. Hollywood

Er stellte mir Robert vor. Er trug enge Schlaghosen und ein lila Seidenhemd. Die langen, schwarzen Haare hatte er zurückgegelt. Zudem wuchs anders, als bei ihm nur ein kleiner spärlicher Schnauzer. Das komplettierte er mit einer runden goldenen Sonnenbrille mit getönten Gläsern. Zwischen seinem herausstehenden Brusthaar baumelte eine Goldkette.

Sie waren sich überhaupt nicht ähnlich.

Er war groß, maskulin und konnte sich einen Vollbart wachsen lassen. Er war kein Mann von vielen Worten. Robert hingegen war klein und schmächtig. Ebenfalls redete er ununterbrochen. Er war dominant. Alles im Raum hörte auf ihn.

Trotz seines schmierigen Auftretens war er sehr charmant zu mir. Er bot mir sofort einen Kaffee und Zigaretten an, die eine seiner Assistentinnen brachte.

Robert begutachtete mich. Zuerst schaute er sich mein Gesicht an. Mit seinem Kopf kam er so nah an meinen, dass ich seine Nasenhaare und die unreine Haut sehen konnte. Danach roch er mit einem langen stöhnen an meinen Haaren.

Er sagte mir, dass ich ein wunderschönes Gesicht habe. Ich war geschmeichelt. Immerhin schwärmte ein Mann aus Hollywood von meinem Aussehen.

Im Anschluss meinte er, dass er mich in Unterwäsche

sehen müsse. Er wollte mich ausmessen, damit er den Kostümdesignern meine Maße schicken konnte. Das ginge angeblich nur ohne Kleidung.

Ich blickte misstrauisch zu ihm hinüber. Er reagierte gelassen. Also stimmte ich dem zu. Es war wirklich nicht sonderlich schön. Seine kleinen gierigen Hände begrapschten mich überall. Aber Robert schien zu wissen was er mache. Er übernahm das Ruder vollends, als er sagte ich solle mich ganz ausziehen, damit er noch ein paar Nacktfotos machen konnte. So bekommt man schneller mehr Aufträge.

Er wollte sich einmischen, aber Robert stoppte ihn sofort. Er schaute mich noch einmal traurig an und ging dann.

Einfach so. Ohne sich zu verabschieden.

Robert war wohl sehr überzeugend, dass er so einen größeren Gegner nur mit Worten vertreiben konnte. Immerhin liebten wir uns doch. Da hatte ich mich wohl geirrt.

Robert kam wieder zu mir. Mit einem geilen Grinsen bat er mich meine Unterwäsche auszuziehen. Ich tat es ohne Widerworte. Seine Aura schüchterte mich ein. Robert verlangte, dass ich noch ein paar erotische Posen machen muss. Dabei fasste er sich immer wieder in die Hose.

Ich war angewidert von ihm.

Er kam auf mich zu. Robert rieb die Hände aufgeregt

aneinander. Ich sah die Beule in seiner Hose. Er kniete sich neben mich.

Ich hatte Angst. Aber ich war es ja gewohnt mit Männern, die ich nicht wollte zu schlafen.

Robert nahm meine Hände und küsste sie. Dann legte er sie mir in meinen Intimbereich und befahl mir, dass ich mich selbst befriedigen solle.

Ich folgte seinen Anweisungen. Es machte mir keinen Spaß, aber ich brachte mich schnell zur Ekstase, damit dieser schlechte Traum endlich aufhörte, ich aufwachen und nach ihm suchen konnte. Ich wollte unbedingt mit ihm reden.

Ich brauchte ihn doch. Er war mein Ein und Alles.

Plötzlich sprang Robert auf, zog sich die Hose hinunter und glitt in mich hinein. Der schmächtige Kerl hatte trotz seiner mickrigen Statur eine enorme Kraft.

Sein Geruch, sein Schweiß und sein Sperma ließen mich fast brechen. Als er fertig war mit sich und mir, flüsterte er mir ins Ohr:

„Wenn du bei mir bleibst, dann mache ich dich zu einem Star."

32. Der Star ist geboren.

Ich blieb bei Robert.

Männer, die klare Ansagen machen, ziehen mich einfach magisch an. Er organisierte mir ein paar Rollen in schlechten Filmen. Ebenfalls sollte ich auch in seinen Pornos auftreten. Schnelles und leicht verdientes Geld, dachte ich mir.

Die Regisseure waren stets mit mir zufrieden. Man sagte mir ich habe das perfekte Aussehen und genügend Talent ganz groß zu werden.

Die ersten Wochen in Hollywood waren schwer für mich. Ständige Angriffe von Robert auf meinen Körper, die ich meist über mich ergehen ließ.

Liebe? Die gab es zwischen mir und ihm nicht.

Zuneigung? Die hatte ich natürlich. Er verschaffte mir immerhin Arbeit und stellte mich wichtigen Männern vor.

Von dem Geld der ersten Aufträge sah ich nicht viel. Robert meinte, dass ich seinem Appartement Kost und Logis frei hatte. Er nahm mir den Großteil weg, um auf alles Mögliche zu wetten. Pferderennen, Football und Boxkämpfe. Selten gewann er.

Dann bat er mich direkt Sex mit einem seiner Freunde zu haben.

Es war eigentlich wie sonst auch immer. Bevor ER mich gefunden hatte.

Robert verkaufte mich erst für die Beseitigung seiner Schulden. Danach bot er mich Produzenten an, damit ich größere Rollen bekam.

Der viele Verkehr machte sich bezahlt.

Ich bekam eine Nebenrolle in einem großen Blockbuster.

Das Geld investierten wir sofort in teure Kleider für mich und ein Loft in der Innenstadt. Robert erklärte mir, dass die Fassade stimmen müsse, um die Leute zu überzeugen.

Es waren die schönsten Sachen, die ich jemals hatte. Nur SEINE Hemden fühlten sich besser an.

Wir hatten Erfolg.

Der Film gewann alle Preise.

Ich überzeugte die Welt der Stars und Sternchen. Mehrere Nominierungen bekam ich für meine Arbeit. Leider gewann ich keine davon.

Man sagte uns, dass ich nicht die Maße eine Gewinnern habe.

Also sollte ich mehr Sport machen, abnehmen, und mich ein paar Operationen unterziehen.

Robert steckte mich also in ein Fitnesscenter und verbot mir das Essen. Bei den Operationen konnte ich ihn mit vielen Gefälligkeiten milde stimmen. Ich wollte nicht zur Puppe werden.

Der viele Sport war kein Problem für mich. Doch das Hungern war unmöglich.

Immer wieder naschte ich, wenn ich alleine war.

Beim wöchentlichen Wiegen kam mein Sündigen dann zum Vorschein. Unser Zielgewicht waren 40 Kilogramm. Davon waren wir immer ein paar Kilos weg

Dann rastete Robert immer aus. Er schlug auf mich ein. Stopfte mir Essen in den Mund bis ich mich übergeben musste. Er beschimpfte mich als fett und hässlich. Danach ließ er mich weinend in meinem Erbrochenen liegen.

Eine Stunde später kam er wieder zurück und entschuldigte sich. Er trug mich ins Badezimmer und wusch mich. Dann liebten wir uns.

Robert war trotz seines harten Kerns ein liebevoller Mann.

Da das Abnehmen nicht so funktionierte, wie wir uns vorstellten, brachte mir Robert dann weißes Pulver.

Er sagte mir, dass ich immer wenn ich Hunger hätte, etwas durch die Nase ziehen solle. Das klappte sehr gut. Ich hatte keinen Hunger mehr auf Essen. Ich wollte nur noch dieses weiße Zeug.

Monate vergingen. Unter unserem Wunschgewicht angekommen, entsprach ich dem Schönheitsideal.

Mit dem perfekten Körper und etwas Beihilfe meinerseits konnten wir eine große Hauptrolle ergattern.

Ich gewann Preise über Preise, zierte Werbekampagnen und man kannte mich auf der ganzen Welt.

Endlich war ich ein Star.

Wir liefen jeden Abend auf einem anderen roten Teppich umher, gingen auf Premieren oder feierten mit der Highsociety in schicken Clubs.

Immer mit dabei der Alkohol, das weiße Pulver und Gewalt.

Wenn wir beide abends volltrunken in unserer neue Villa ankamen, wollte Robert Sex mit mir. Ich war zu müde dafür.

Also verweigerte ich es ihm. Er schlug mich und tobte sich auf mir aus.

Am nächsten Morgen war natürlich wieder alles gut. Er brachte mir Blumen oder andere Kleinigkeiten als Entschuldigung.

Die blauen Flecken und Verletzungen überschminkte ich. Dennoch blitzten sie manchmal unter dem Make-Up hervor.

Die Klatschpressen zerrissen sich dann die Mäuler.

Gesprochen wurde dann immer vom Aus der Liebe. Robert dementierte das sofort. Für das Image machten wir einen kleinen romantischen Ausflug. Er lud die Presse ein, damit diese das eifrig dokumentieren konnte. Die Fassade durfte nicht bröckeln.

Ich war ein Abbild meiner selbst. Ich war innerlich leer. Nur die Sehnsucht nach IHM war das einzige warme Gefühl, dass ich neben Hass, Angst und Trauer in mir spüren konnte.

Eines Tages steckte mir ein Mann einen Zettel zu.
ER ist zurückgekommen.
Doch da war Robert.
Ich war diesem Mann verfallen. Die Abhängigkeit von ihm, von den Drogen und dem Ruhm machten mich zu seiner Sklavin.

Dann geschah es.
Robert wollte mich heiraten, damit der Stress mit der Presse aufhörte. Ich lehnte es höflich ab. Meine Gefühle waren durcheinander. Wegen IHM.
Daraufhin verprügelte mich Robert auf brutalste Weise. Er schrie mich an. Ich gehöre doch ihm, sagte er immer wieder.
Er verließ das Haus nachdem er mit mir fertig war.

34. Vergeltung

Er packte seine wenigen Sachen in einer Tasche zusammen. Dann warf ihr ein altes weißes T-Shirt von ihm zu, dass sie anziehen sollte. Sie hatte immer noch nichts an. Außer die knappen Seidenhöschen von gestern Nacht.

Sie wusste nicht was mit ihm los war. Der Mann antwortete ihr nicht.

Er hatte einen Tunnelblick aufgelegt, der eisern in seinem Gesicht prangerte. Sonst war er immer liebevoll zu ihr. Doch heute blickte er sie ernst an. Er signalisierte ihr damit, dass ihm das Gefrage auf die Nerven ging.

Der Mann im Flanellhemd schüchterte sie mit seiner bloßen Präsenz ein. Aufgeregt lief er in dem kleinen Motelzimmer auf und ab, auf der Suche nach etwas wichtigem.

Inzwischen hat die Blondine sich das viel zu große T-Shirt übergestreift. Sie konnte es als Kleid tragen.

Sie verkniff sich die Frage, ob es ihr stehe, damit sich der bärtige Mann weiter auf die Suche konzentrieren konnte.

Er ließ sich in einer Liegestütze fangend zu Boden fallen, um unter das Bett zu schauen. Der Mann ließ ein selbstbewusstes „Oh ja" ertönen, stand auf und streckte seinen rechten Arm in die Luft. Die Frau war schockiert. In der Hand hielt er seine Axt. Die Axt, die er von

Okimakhan als Dank erhielt. Sie fragte entgeistert, was er damit wolle.

Er schaute ihr in die Augen und sprach: „Heute wird der Mistkerl seine Taten bereuen."

Mit der anderen Hand packte er sich seine Blondine, riss sie förmlich aus dem Bett und aus dem Zimmer in das unten parkende Auto.

Seinen Pick-Up, den er von Duke bekommen hatte, da er ihm von seinem Vater erzählt hatte.

Während des Weges zur Villa von Robert dachte er viel nach. Er wusste jetzt wer er sein soll. Er soll nicht das große Geld verdienen, kein Obdachloser, kein Reisender, kein Holzfäller in Kanada, kein Cowboy, kein Gangster in Mexiko, kein Vagabund und schon gar kein Arbeiter auf einer Ölbohrinsel sein.

Er soll...

Nein!

Er will der Mann an ihrer Seite sein.

Währenddessen flehte sie ihn unter Tränen an, nichts dummes zu tun. Sie meinte, dass Robert doch gar nichts getan habe. Sie sei doch an der Misere Schuld.

Er ignorierte die Blondine vollkommen.

Sie waren bei der Villa angekommen. Er stellte den Motor ab. Er musste noch ein Mal kurz an Bill denken. Bill wäre stolz auf ihn. Ein richtiger Mann sollte die Gerechtigkeit wahren.

Der Mann schaute entschlossen zu ihr hinüber. Sie war vollkommen am Ende. Das viele Weinen, die Angst um Robert und die Dankbarkeit für den Mann wühlten sie auf.

„Ich bin gleich wieder da, Liebes. Ich befreie dich aus deiner Dunkelheit..", flüsterte er sinnig zu, während er ihr auf die Stirn küsste.

Verwirrt und beeindruckt musste sie lächeln. Der Axtträger im Flanellhemd stieg aus und lief langsam in Richtung Eingangstür des protzigen Anwesen.

Die Blondine beobachtet alles aufmerksam durch die Scheibe des Pick-Ups.

Vor der Tür bleibt der Mann einen Augenblick stehen. Mit der linken Hand zur Faust geballt und dem Daumen in die Höhe gereckt gestikuliert er ihr, dass sie sich keine Sorgen machen müsse.

Plötzlich schlug er mit einem massiven Hieb die Holztür mit seiner Axt ein.

Ein entsetzter Robert in weißem Bademantel rennt die Treppe hinunter. Beide unterhalten sich. Der Mann schweigt meistens und Robert schreit ihn an.

Vom Auto aus, kann die Blondine nicht verstehen, was genau geredet wird. Sie wollte aussteigen. Als sie den Griff der Autotür in den Händen hielt, schossen ihr sofort die Worte ihres Helden durch den Kopf.

„Befreien...Dunkelheit....", dachte sie.

172

Vielleicht hat sie all die Jahre nur jemand gesucht, der sie für seinen Star hält? *„Berühmt sein, nur für eine Person?"*, war der Abschlussgedanke und damit ließ sie den Türgriff wieder los. Sie vertraute dem Mann.

Auf einmal zog Robert eine Pistole unter seinem Bademantel hervor. Der Mann im Flanellhemd verzog keine Miene.

Es war nicht das erste Mal, dass ein Lauf einer Waffe auf ihn gerichtet war. Damals hatte er Angst vor dem Tod.

Heute würde er gerne für seine Blondine sterben, wenn er sie damit vor diesem Bastard retten konnte.

Man sah Robert an, dass er nicht abdrücken konnte. Während seiner Zeit in Mexiko hatte Sergio Pereira ihm gezeigt, wie ein Mensch aussieht, wenn er entschlossen ist und wann nicht. Er meinte, dass der Blick versteinert sei und der Wille förmlich zu spüren ist.

So knallhart Robert Schwächere ausnutzte, war jemanden zu töten eine Nummer zu groß für ihn.

Mit versteinertem Blick und willensstarker Haltung machte der Mann einen schnellen Satz und schlug Robert mit der Axt die Waffe aus der Hand.

Der unbewaffnete Widerling nässte sich vor Angst ein. Der weiße Bademantel verfärbte sich goldgelb. In seiner eigenen Urinlache bot er dem Mann alles an was er hatte, damit er ihn verschonte.

Der Mann legte die Axt zu Boden und drehte sich

zum Auto um. Mit einem Winken lotste er die Blondine her. Dann drehte er sich wieder um und brach Robert mit einem wuchtigen Faustschlag

die Nase.

Dieser krümmte sich vor Schmerzen am Boden.

„Ich schwöre dir, wenn du uns jemals wieder zu Nahe kommst, dann bringe ich dich um.", prägte er Robert mit der Faust unter der Nase ein.

Danach rief er der Blondine zu, dass sie das Nötigste einpacken solle, da sie nie mehr an diesen Ort zurückkehren muss.

Die Frau stieg durch die kaputte Holztür in die Villa ein und kam nach einiger Zeit mit ein paar Taschen voll mit Kleidung und ihrer Dokumente zurück.

Sie war nicht glücklich, aber auch nicht traurig über die Geschehnisse. Sie konnte noch nicht so richtig einordnen was gerade passiert war.

Robert lag immer noch wimmernd am Boden, während der Motor des Pick-Ups zu röhren begann. In ihm zwei Menschen, die ihr Leben endlich beginnen konnten.

35. Mein Leben war vorher kein Leben

Er hat mich befreit.

Wie er es mir versprochen hat.

In mir war es dunkel. Seit ich ihn kenne, leuchtete da am Ende des Weges heller Stern.

Eigentlich nur für eine Nacht bestimmt.

Doch seine ruhige Art ließ den tosenden Sturm in mir abklingen.

Zum Glück nahm er mich mit.

Die Zeit war kurz, aber schön.

Ich kann Zuneigung nur schlecht zeigen.

Und er?

Er tut sich allgemein schwer mit Frauen.

Meine und seine Unfähigkeit trennte uns.

Der Sumpf indem mich Hollywood festhielt, zog mich mehr hinunter, als alles andere zuvor. Der Morast der Filmwelt ertränkte mich fast.

Dann kam er im richtigen Moment

Wie der strahlende Held rettete er mich vor dem Bösewicht.

Und nun?

Nun sind wir gemeinsam in seinem Auto unterwegs.

Wie am Anfang. Nur mit Gewissheit der Liebe.

Mein Leben war vorher kein Leben. Es war eine blinde Suche nach etwas.

Endlich habe ich es gefunden.

Dich.

36. Ist das Liebe oder nur Aufregung?

Das Anschnallsignal leuchtet auf, während die hübschen Stewardessen in ihren blauen Uniformen die letzten Vorkehrungen treffen.

Eine Durchsage ertönt, doch das Paar lässt sich nicht in ihrem Gespräch unterbrechen, sodass die nette Singsangstimmme des Kapitäns zur angenehmen Hintergrundmelodie wird.

„Weißt du, ein wenig Angst hab ich schon." , blickt die hübsche Blondine ihren kernigen Begleiter mit sorgenvoller Miene an. Ihre sonst so unbekümmerte Stimme klingt mit einem angsterfüllten Unterton nach.

Der große, bärtige Bär greift ihre Hand, dreht sich zu ihr und küsst sie auf die Stirn. Ihre Augen schließen sich und das großen Blau darin, das durch die Angst unruhig tobt, verschwindet für Sekunden.

Danach tauchen sie wieder mit Freude und Zuversicht auf und strahlen noch mehr als zuvor.

„Vor was hast du noch Angst? Ich bin doch jetzt bei dir." , raunt die raue Stimme durch das Flugzeug. Sie blicken sich tief in die Augen. Das ungleiche Paar ergänzt sich.

Seine Stärke gleicht ihre Schwäche aus. Ihre Freude und Liebe bringt ihm wieder neue Lebenslust bei.

Das Flugzeug startet. Es poltert, wackelt und ruckelt. Die kurze Ruhe unterbrochen. Sie klammert sich ängstlich an seine großen Schultern und vergräbt ihren blonden Lockenkopf unter seiner Brust.

Er umarmt sie, herzt ihren Kopf.

„Das ist nur der Start, der ist manchmal etwas holprig. Wenn wir erst ein Mal in der Luft sind, ist es meist ruhig. Uns kann nichts passieren." Sie hebt ihren Kopf und blickt ihn erwartungsvoll an. Fast schon wie ein kleines weinendes Kind den Vater, nachdem er es getröstet hat.

Eigentlich ist er nicht viel älter als sie, doch sein gezeichnetes Äußeres lassen ihn älter wirken. Dazu kommt noch ihr jugendlicher Esprit, der die Vater – Tochter – Kulisse noch mehr verstärkt. Das Flugzeug hebt ab.

Wenig später, als sie sich etwas beruhigt hat, jedoch mit leichter Unterstützung von drei Schnäpsen, kann sie wieder an der Realität teilnehmen.

„Ich bin noch nie geflogen." , schaut sie zu ihm mit leicht angetrunkener Stimme hinüber.

„Ach, das wusste ich gar nicht. Ich bin in meinem ersten Leben jede Woche durch ganz Amerika getourt. Manchmal sogar zwei- oder dreimal am Tag. Und schau mich an. Ich lebe immer noch."

„Es ist einfach zu viel passiert in den letzten Monaten. Seit ich dich kennen gelernt habe, steht mein ganzes

Leben Kopf. Und jetzt treffe ich deine Eltern. All das überfordert mich gerade.", reflektiert sie und verfällt in Panik. Sie fährt mit ihren Händen durch die schöne Frisur und fängt an stark zu atmen.

Sie hat einen kleinen Nervenzusammenbruch.

Der erste Flug hat auf die sonst etwas labile Frau, eine Indikatorfunktion.

Noch vor einem Monat war sie als Schauspielerin in Hollywood in der Sklaverei ihres ehemaligen Freundes unterstellt.

Zuvor kannte man ihren Namen nicht einmal. Damals saß sie jeden Abend in einer kleinen Kneipe in der Nähe ihres Heimatorts fest und brachte sich als Callgirl und Mädchen für schöne Stunden über die Runden. Er veränderte einfach ihr ganzes chaotisches Leben.

Doch konnte man nicht genau erahnen, was die Veränderung bringen wird.

Ihre Hoffnung war einfach nur: Besser.

„Ich weiß Liebes. All das was passiert ist, ist schrecklich. Doch ohne all das, wären wir jetzt nicht hier. Vermutlich wäre ich ohne dich jetzt schon tot, irgendwo in Alaska." , versucht er mit einer gelogenen Tragödie, von der eigentlichen abzulenken. Es gelingt ihm nicht. Sie weint weiter.

Sie, am Ende. Er, verzweifelt.

Mehrere Minuten vergehen, sie weint immer stärker, aber dennoch so leise, dass sie die anderen Passagiere nicht allzu stört. Trotz der Krise, war ihre Devise, sich nicht zu sehr zu blamieren.

Mit seinen starken Armen hält er sie. Mehr konnte er in diesem Moment nicht für sie tun. Es ist ihm nicht peinlich, dass seine Frau in der Öffentlichkeit weint. Keiner der Beteiligten kennt ihre Geschichte. Also dürfen sie seiner Meinung nach auch nicht urteilen. Nur die Enttäuschung, nicht besser für sie da zu sein zu können, fühlte sich schrecklich an.

Damals, im Hotelzimmer schwor er sich, sie den Rest ihres Lebens zu beschützen, damit sie nie wieder Schmerzen fühlen musste.

Plötzlich kullert die erste Träne seine behaarte Wange hinunter. Nach und nach sammeln sie sich in seinem Urwald. Als der Bart nicht mehr Stand halten kann, fallen die Tränen auf ihren Kopf, der immer noch in seinen Armen fest umschlugen auf etwas wartet, hinunter.

Sie bemerkt den männlichen Wasserfall auf ihrem Hinterkopf. Dann schreckt sie auf und sieht, wie ihr edler Retter als verkümmertes Häufchen Elend über ihr kauert.

Er schaut weg und versucht die Tränen erfolglos weg zublinzeln.

„Was hast du denn? Du hast doch keinen Grund zu weinen.", versucht sie tröstend Zuspruch zu finden.

Er wischt sich die Tränen aus dem Gesicht.

„Doch, ich habe versagt. Ich hab mir damals geschworen, dass du nie wieder Schmerz spüren musst und nun weinst du hier vor mir und ich kann nichts dagegen machen. Ich fühle mich so nutzlos.", spricht die verletzte Ehre aus dem Hünen. Dabei klingt er, wie ein kleiner Junge, der etwas verbrochen hat und aufgeflogen ist.

Ein seltsames Bild.

Sie fängt an zu lächeln. „Das stimmt doch gar nicht. Ich bin glücklich."

Er neigt seinen Kopf fassungslos zu ihr.

„Ich weiß nicht warum ich gerade so sein muss, aber ich verspüre keinen Schmerz. Du bist bei mir." Sie wischt ihre Tränen mit einem Taschentuch weg und gibt ihm einen Kuss auf den Mund.

Mit den verheulten Augen auf ihn gerichtet, sagt sie voller Freude:

„Ist das Liebe oder nur Aufregung?"

37. Wir.

Als das ungleiche Paar, das aber zusammenpasste vor der Haustür eines Einfamilienhaus stand, war es schon mitten in der Nacht.

Beide schauten sich in die Augen und lächelten.

Er gab ihr einen Kuss auf die Stirn. Dann musste der Mann schlucken und drückte auf die Klingel.

Eine alte Frau öffnete langsam die Türe, soweit es die Verschlusskette zu lies.

„Mutter, da sind WIR.", erklang langsam, leise, fast schon flüsternd warm aus seinem rauen Gesicht.

Die Tür öffnete sich nun ganz. Die alte Frau lächelte und fing an zu weinen...

Nachwort

Liebe*r Leser*in,

du bist angekommen.
Viel hast du erlebt.

Die Reise ist zu Ende.
War es seine...

...oder schon deine?

„Der Mann im Flanellhemd" ist schon ein ganzes Stück weiter auf seinem Weg.

Abschließen möchte ich dir noch einen letzten Gedanken mitgeben.

„Die Kunst besteht darin, in allem den Mittelweg einzuhalten." - Plutarch

Ich bedanke mich herzlichst für dein Interesse.

Liebe Grüße

Uwe K.

Anmerkungen

Feedback, Anregungen und mehr kannst du mir gerne mitteilen.

Wo ihr mich findet?

Website: http://uwekuemmerle.wixsite.com/uwek
Mail: uwek1992@gmail.com
Facebook: https://www.facebook.com/UweKausL/

Du bist toll...

Bleib so!

Zeitfracht Medien GmbH
Ferdinand-Jühlke-Straße 7
99095 Erfurt, Deutschland
produktsicherheit@kolibri360.de